20대,
세계무대에
너를 세워라

20대, 세계무대에 너를 세워라

파독 간호보조원에서 외교관이 된
김영희의 인생 항로 개척법

동아일보사

"세계지도 위에 꿈을 그려라"

30년 이상 해외에서 생활하다 국내에 들어오니 낯선 상황이 한두 가지가 아니다.

세계 어느 나라와도 비교할 수 없을 만큼 앞선 정보기술, 높아진 국민 의식 수준, 눈에 띄게 발전한 문화예술 등 많은 분야에서 눈부신 변화를 이뤄냈다. 그러나 무엇보다 놀란 점은 오로지 공부에만 매달리는 청소년들과 취업에 목숨 거는 젊은이들의 안타까운 모습이었다.

물론 예전에도 우리는 열심히 공부했고, 취업은 '낙타가 바늘구멍을 통과하는 것'에 비유될 만큼 어려웠다. 그 뜨거운 교육열은 우리나라를 놀라운 속도로 발전하게 만든 원동력임에 틀림없다.

사람들은 이제 우리나라가 선진국 대열에 진입해야 한다고 이구동성으로 말한다. 그런데 우리 젊은이들이 처한 상황과 노력하는 방법이 글로벌 시대를 헤쳐 나가는 데 적합한 것인지에 대해서는 회의적인 생각이 든다.

세상은 급속도로 변하고 있다. 선배들이 살던 때하고는 비교할 수도 없다. 지구촌이 하나가 되어 더 이상 국경의 의미가 없어지고, 발달된 교통과 통신은 전 세계를 하루 생활권으로 묶어놓았다. 매일 쏟아지는 정보는 내용을 파악하기도 전에 벌써 바뀌고 있다. 수동적인 삶의 자세와 백과사전식 공부로는 대응할 수 없다.

글로벌 시대에 사는 젊은 세대의 활동무대는 이제 국내에 국한되지 않는다. 전 세계, 지구촌이 그들의 무대다. 무한한 가능성과 동시에 무한경쟁 속에서 살고 있는 젊은이들의 경쟁자는 옆에 있는 친구나 동료가 아닌 선진국의 인재들이다. 그러나 궁극적으로 가장 강력한 경쟁자는 자기 자신이다. 항상 '어제보다 더 나은 나'로 발전시켜야 하기 때문이다.

밤낮으로 시험공부와 '스펙'에만 매달리는 생활이 과연 제대로 사는 방법인지?, 국제무대의 일원으로서 경쟁력 있는 인재가 되기 위한 조건은 무엇인지?, 성공적인 사회생활은 어떻게 이루어지고, 올바른 인간관계는 어떻게 구축할 수 있는지?, 급변하는 세계에서 정체성을 잃지 않고 어떻게 주체적으로 살아야 하는지? 등 끝없이 이어지는 질문들은 현재 우리나라의 많은 젊은이들이 가지고 있는 공통된 고민일 것이다.

이 같은 질문들을 함께 풀기 위해, 나는 지난 30년 이상 국제무대에서 활동하며 얻은 경험을 젊은 세대들과 공유하고자 한다. 물론 내 경험은 하나의 참고서일 뿐이다. 예측 불가능한 인생에 대해 정확한 답을 주는 교과서는 없다. 다른 사람의 경험을 자신의 것으로 만들어 인생에 활용하는 것은 스스로의 몫이다.

이 책에 기술한 나의 경험은 포장하지 않은 내용들이다. 내 인생의 경험들이 여러분들의 마음에 와 닿기를 바라는 마음에서, 그리고 글로벌 시대의 험난한 인생항로에서 조그마한 나침반이 되기를 바라는 마음에서 서슴없이 솔직하게 털어놓았다.

나는 어려서부터 지도책을 좋아했다. 세계지도를 펴놓고 생소한 나라의 이름을 읽을 때면 내 마음은 이미 그곳으로 달려가고 있었다. 어린 시절 넓은 세계에 대한 동경은 나중에 외교관이 되겠다는 꿈으로 이어졌다. 그 꿈을 이루기까지 30년의 세월이 걸렸다.

내 인생항로에는 숱한 굽이와 풍랑이 있었다. 그러나 그 어떤 어려운 순간에도 좌절했던 적은 없다. 가다가 길이 막히면 주저앉지 않고 방법을 찾아 나섰다.

가난 때문에 대학 진학의 꿈을 잠시 접어야 했지만 대신 파독 간호보조원이 되어 넓은 세상에 첫발을 내딛었다. 간호보조원으로 일하면서, 600년 전통의 쾰른 대학에 진학해 그토록 하고 싶었던 공부를 마음껏 할 수 있었다. 철학 박사학위를 받고 독일 학생들에게 강의도 했다. 그리고 외교관이 되어 혼신을 다해 열정적으로 일하다 보니 '대한민국 여성 대사 3호'라는 영광스러운 자리에 도달하게 되었다.

어떤 어려움 속에서도 포기하지 않고 열정을 갖고 최선을 다하면 자신의 원하는 것을 이룰 수 있다는 것은, 나의 확신이며 굳건한 믿음이다. 도전하지 않으면 꿈은 이루어지지 않는다. 특별한 성공은 특별한 도전과 그것을 뒷받침하는 남다른 노력에 의해 이루어지는 것이다.

젊은 친구들과 나누고 싶었던 것이 많았기에, 서문을 쓰는 이 순간까지 많은 부분 아쉬움이 남는다. 미처 다하지 못한 이야기들과 더 깊이 있게 다루고 싶었던 부분들은 다음을 기약해본다.

끝으로 이 책이 세상에 나올 수 있도록 내용을 구성하고 정리해준 하유미 작가에게 진심으로 감사의 말을 전한다. 그리고 마지막까지 독자들에게 필요한 책이 되도록 노력해준 《동아일보》에도 심심한 사의를 표한다.

– 2010년 봄,
김영희

우아한 만찬장, 총성이 울리는 시가지를 누비는
나는 대한민국 세 번째 여성 대사

2008년 2월 17일, '코소보'가 세르비아로부터 독립을 선언했다. 그날은 일요일이었다.

저녁 7시, 세르비아 외무장관은 세르비아에 주재하고 있던 각국 대사들을 외교부로 소집했다. 심각한 표정으로 연단에 오른 외무장관은 아주 짧은 내용의 성명을 발표하고 준비해온 외교 문서를 전달했다.

"세르비아와 외교관계를 맺고 있는 각국은 코소보의 독립을 절대 승인하지 말 것을 요구한다."

그 같은 세르비아의 입장을 본국에 전달하라는 내용이었다. 외교적 입장 발표라기보다는 일방적인 통보 수준에 가까웠다.

세르비아 입장에서 코소보의 독립 선언은 상상할 수도 없고, 인정할 수도 없는 일이었다. 세르비아인들에게 코소보는 유대인들에게 예루살렘이 지니는 의미와 비슷한 종교적 성지였다. 세르비아 민족주의의 원천인 중세 세르비아 왕국의 중심이 이 지역에 있었고, 세르비아 정교회의 첫 번째 교구가 생긴 곳도 바로 코소보다. 또 오스만 터키에 500여 년간 지배의 길을 내줬지만, 끝까지 터키에 저항했던 쓰라린 역사의 현장 역시 코소보였던 것이다.

1990년대 '발칸 지역의 인종 청소'로 알려졌던 처참한 유고슬라비아 내전을 겪으며 이미 여섯 개의 유고연방이 독립한 상태였다. 그리고 마침내 유고의 승계 국가인 세르비아의 자치 지역 '코소보'가 일곱 번째로 독립을 선포한 것이었다.

그들은 어떻게 해서라도 코소보의 독립을 막으려 했다.

"코소보의 독립을 승인하는 나라는 세르비아의 적대국으로 간주하겠다."

외무장관은 강력한 어조로 세르비아 정부의 입장을 표명한 뒤 곧바로 퇴장해버렸다.

외교부를 나오자 요란한 총 소리와 구호 소리가 거리를 뒤흔들고 있었다. 코소보 독립을 반대하는 세르비아인들과 경찰의 대치 상황은 험악했다. 외교부 앞 길거리에 세워두었던 다른 나라 대사 차량 몇 대는 이미 완전히 파손된 상황이었다.

귀를 울리는 총성과 흥분한 군중의 외침……. 마치 전쟁터 한복판에 서 있는 것처럼 정신을 차릴 수가 없었다.

그때 누군가 재빨리 다가와 내 팔을 잡아끌었다. 운전사 미샤였다. 전직 경찰이었던 그는 영리하게도 우리 차를 세르비아 경찰차 바로 옆에 세워 시위대의 공격을 피한 상태였다. 내가 차에 오르자 그는 다급한 목소리로 말했다.

"대사님, 제가 소리를 지르면 차 바닥에 엎드리세요!"

내가 대답하기도 전에 차는 이미 거리를 내달리고 있었다. 무시무시한 속도의 역방향 질주였다.

외교부에서 우리 대사관까지 어떻게 왔는지 모른다. 운전사가 차 뒷문을 열어주었을 때, 그제야 내가 두 손을 얼마나 꼭 모아쥐고 있었는지 알 수 있었다.

떨리는 가슴을 진정시킬 겨를도 없이 본부(한국 외교통상부)에 보낼 긴급 전문을 작성하기 시작했다. 집무실에 켜놓은 텔레비전에서는 시위대의 공격을 받은 미국 대사관에서 불길이 치솟는 모습이 방송되고 있었다. 미국 대사관과 인접한 독일과 크로아티아, 오스트리아 등 6, 7곳의 대사관이 모두 시위대의 공격을 받은 상태였다.

그날 미국 대사관 시위 현장에서는 대사관 건물에 진입했던 한 세르비아 청년이 불타는 건물에서 빠져 나오지 못한 채 숨지는 비극적인 사건이 발생하고 말았다. 불길에 휩싸인 미국 대사관과 격렬한 시위대의 모습은 전 세계에 주요 뉴스로 방송되었다.

정말 긴박한 상황은 이제부터 시작이었다.

코소보 독립에 찬성 입장인 미국은 전 세계를 상대로 '코소보 독립에 대한 빠른 승인'을 요구하는 로비를 벌이기 시작했다. 언제나처럼 미국의 영향력은 강력한 것이었으며, 미국과 우호적 동맹관계를 유지해야 하는 나라에 미치는 영향은 두말할 것도 없었다. 우리 정부도 곧바로 코소보 독립을 승인할 태세였다.

그러나 세르비아 주재 대사인 나는 그 승인에 곧바로 동의할 수 없는 상황이었다. 세르비아 정부가 '코소보 독립 승인 국가는 적대국'이라고 규정하고 있는 상태에서 코소보 독립을 인정한다는 것은, '당신들과 적대적 관계가 되겠다'고 선언하는 것과 마찬가지였기 때문이다. 코소보 독립 승인이 기정사실이라고 해도, 이 상황에서는 주변국과의 조율이 필요했다.

나는 여러 채널을 동원해 유럽 각국과 일본 등의 동향을 파악하며 정세 보고를 하는 한편, 우리나라의 코소보 독립 승인 시기를 계속 조율해갔다.

'유럽의 화약고'라고 불리는 발칸 반도는 물론 전 세계의 정세가 요동치는 한복판에 내가 서 있었다. 하루하루가 긴박했고 신변의 위협도 만만치 않았다. 이미 코소보 독립을 승인한 나라의 대사관 앞에는 연일 성난 세르비아인 시위대들로 넘쳐났다. 일찌감치 본국으로부터 방탄차와 특수 경호원들을 지원받고 있는 선진국 외교관들이 부럽기만 했다.

외무장관이 예고했던 대로 코소보 독립을 승인한 나라에 대한 세르비아의 대응은 냉혹하고 적대적이었다. 심지어 외교부 차관 이상 고위직과는 만나지도 못하게 했다. 세르비아 외교부는 각국의 코소보 독립 승인 상황을 면밀히 파악하며 대응하고 있었다.

어느 날 차관보가 나를 부르더니 단도직입적으로 말했다.

"만약 한국이 코소보 독립을 승인할 경우, 주한 세르비아 대사관은 폐쇄될 것입니다."

마른하늘에 날벼락을 맞은 것 같았다. 대사관 폐쇄는 양국관계를 급랭시키는 외교조치로, 현지 대사인 나로서는 상상하고 싶지도 않은 일이었다.

나는 곰곰이 생각한 끝에 평소 친분을 쌓아두었던 한 유력 인사를 떠올렸다. 그는 세르비아의 전 국회의장이며 당시 국회 외무위원장이던 미추노비치Micunovic로, 과거 유고슬라비아 시절 베오그라드 대학의 철학 교수였다. 그러나 민주화운동에 앞장섰다는 이유로 1980년 티토Tito(유고슬라비아 초대 대통령)가 사망할 때까지 17년 동안 교수직을 박탈당한 인물이며, 현재 세르비아에서 가장 존경받는 정치인이다. 물론 그도 고위직 인사이기 때문에 코소보 독립을 승인하려고 하는 나라의 대사인 내가 공식적으로는 만날 수 없는 대상이었다.

그러나 내게는 최고의 재산인 '좋은 인간관계'가 있었다. 2005년 주 세르비아·몬테네그로 대사로 임명돼 베오그라드 생활을 시작한 이래 나는 세르비아 정계와 외교가에 좋은 친구들을 많이 두고 있었다. 그들과의 만남은 당연히 '업무상'으로 시작되었지만, 그들은 자신들과 역사와 문화를 이야기하고 적극적으로 일하는 나를 진심으로 대해주었다.

내 연락을 받은 미추노비치 외무위원장은 공식적으로 만날 수 없다는 점을 고려해, 자신의 개인 연구실로 찾아오라는 전갈을 보내왔다. 그 정도 답변으로도 내게는 충분히 긍정적인 신호였다.

배석자 없이 단둘이 만난 자리에서 나는 강력하고 단호한 어조로 그를 설득했다.

"주한 세르비아 대사관 폐쇄는 있을 수 없는 일입니다! 그간 양국은 많은 분야에서 협력관계를 발전시켜왔습니다. 지금도 한국에서는 세르비아에 대한 여러 가지 지원을 추진 중이고, 세르비아가 민주화되면 한국 기업의 투자는 물론 더 많은 협력이 이루어질 것입니다. 어떡하든 주한 세르비아 대사관의 폐쇄는 막아야 합니다."

형식적인 설득이 아니었다. 내 마음은 진심이었다. 외교관으로서의 임무와 직분에 최선을 다하려는 마음이 첫 번째였다면, 세르비아와 우리나라 간의 우호관계에 금이 가지 않길 바라는 간절한 마음이 두 번째였다.

외교란 좋은 친구를 만드는 과정과도 흡사하다. 내가 상대방을 이해하지 않으면서 상대방에게 나를 이해하라고 요구할 수는 없다. 또 자신은 한 치의 양보도 하지 않으면서 상대방에게 양보를 원할 수 없다. 그렇게 한다면 '관계'라는 것이 성립되지 않기 때문이다.

다음 날 미추노비치 외무위원장으로부터 전화가 걸려왔다.

"대통령과 외무장관에게 한국과의 관계에 대해 이야기했습니다. 주한 세르비아 대사관이 폐쇄되는 일은 없을 겁니다."

수화기를 내려놓자마자 나도 모르게 두 손을 마주 잡았다.

"Yes!"

문만 열려 있지 않았다면 소리라도 지르고 싶었다. 안도감과 성취감, 알 수 없는 감정들이 뒤섞여 가슴속이 뜨거워졌다.

한국으로 돌아와 텔레비전 인터뷰를 하는데, 진행자가 이런 말을 했다.

"'외교관' 하면 멋진 드레스나 턱시도를 차려입고 파티에 가는 모습이 먼저 떠오르는데, 어떻습니까?"

연예인이 아닌 다음에야 일상에서 드레스나 턱시도를 입어볼 기회가 별로 없을 테니, 그런 모습에 관심이 가는 것도 당연하다. 나는 웃으면서 대답했다.

"네, 맞습니다. 멋진 드레스 입고 파티에 갑니다. 그러나 그것은 어디까지나 외교관 업무의 일부분일 뿐입니다……."

외교관에게 만찬은 중요한 업무 중 하나다. 대사관 사무실에서의 일상적인 업무가 끝나면 대사는 말끔한 턱시도 차림 혹은 우아한 드레스로 치장하고 초대받은 만찬에 참석한다. 그러나 화려한 만찬장에서 잘 차려진 음식을 여유 있게 즐기는 외교관은 많지 않을 것이다.

이해관계가 얽혀 있는 나라의 외교관과 겉으로는 환한 미소를 지으며 와인 잔을 부딪치지만, 속으로는 그를 설득할 말을 수십 가지 버전으로 생각한다. 어찌 보면 사무실보다 더 많은 정보가 오가고 생동감 넘치는 외교 활동이 벌어지는 현장이 만찬장이기도 하다. 나는 그런 긴장감 넘치는 외교관 생활을 하는 것에 대해 진심으로 행복해하고 매순간 최선을 다하려 노력했다.

세르비아 대사로 근무하던 시절, 내가 가장 신경 썼던 것은 대사관에 걸린 '태극기'였다. 외부에 내걸린 태극기는 아무리 관리를 잘 해도, 바람이 불면 돌돌 말려버리거나 얼마 지나지 않아 더러워지곤 했다. 나는 다른 업무는 몰라도, 태극기가 제대로 펄럭이지 않거나 지저분한 태극기를 방치하는 것에 대해서는 반드시 지적을 했다. 나중에는 아예 태극기 담당자를 정해 따로 관리를 하도록 했다.

매일 아침 대사관 집무실로 향하며 펄럭이는 태극기를 볼 때마다 나는 어깨를 펴고 속으로 가만히 되뇌었다.

'내가 대한민국이다! 나는 대한민국 세 번째 여성 대사다.'

그건, 나의 내부로부터 끝없는 열정을 솟구치게 하는 주문이며 기도였다.

저자 서문

세계지도 위에 꿈을 그려라 _ 4

프롤로그

우아한 만찬장, 총성이 울리는 시가지를 누비는
나는 대한민국 세 번째 여성 대사 _ 8

Global Standard

Mentor

Part 1

Dream

간절한 꿈이 강한 도전을 키운다

독일에서 간호보조원으로 일하던 시절,
야간학교에 다니기 위해 자전거를 배웠다.

"

좌절해 주저앉으면 끝이지만,
포기하지 않고 길을 찾는 사람에겐
좌절이 동시에 새로운 가능성을
찾는 기회가 된다는 걸 그때 배웠다.

"

내 삶의 좌표가 되어준
세계지도

지금도 내 책상 위에는 '세계지도'가 펼쳐져 있다.

학창 시절에는 책상머리에, 외교관이 된 후에는 사무실 벽에, 지도는 내 인생의 상징이자 좌표처럼 늘 자리 잡고 있었다.

나는 어려서부터 지도를 굉장히 좋아했다. 그것도 넓은 세계지도를 펼쳐놓고 보는 게 좋았다.

10대 시절의 나는 외국 여행은커녕 서울 나들이도 한 번 해본 적 없는 시골 소녀였다. 고향인 전북 완주군 조촌면 발용리는 외지고 작은 시골 마을이었다. 초등학교 4학년 1학기까지 왕복 8km를 걸어 조촌초등학교를 다녔다. 그 작은 마을과 이웃, 친구들이 내가 보는 세상의 전부였다.

그러나 책상 위에 펼쳐놓은 세계지도 속에서는 가지 못할 곳이 없었다. 그 지도 속의 모든 곳이 마을 뒷산이나 되는 것처럼 상상의 나래를 펴고 유럽부터 아프리카까지 전 세계를 누볐다. 그리고 혼자서 다짐을 하곤 했다.

'언젠가 저 넓은 세상으로 떠날 거야! 세계를 무대로 일하는 사람이 꼭 되고 말 거야…….'

상상만으로도 그려내기 벅찬 그 넓은 세상에 대한 꿈을 키워준 것은 다름 아닌 책이었다.

내가 어렸을 적엔 책이 몹시 귀했다. 누군가 동화책을 한 권 사면, 그 책이 온 동네 아이들의 손을 거쳐 헌책이 된 다음에야 주인 손에 돌아올 정도였다. 그래도 나는 언니, 오빠를 많이 둔 덕에 다른 친구들보다 더 많은 책을 읽을 수 있었다. 언니나 오빠 방의 책꽂이에 꽂힌 새 책을 볼 때면, 아직 열어보지 않은 보물 상자를 가진 것처럼 가슴이 두근거렸다. 그 책들이 언니, 오빠의 손을 거쳐 내 차례가 되면 밤을 새워가며 단숨에 읽어내려갔다.

《빨간 머리 앤》이나 《톰 소여의 모험》은 몇 번을 읽고 또 읽었는지 모른다. 그렇게 외우다시피 한 책의 내용에 온갖 표현을 곁들여 친구들에게 이야기해주는 것이 주요 일과였다. 등하굣길 아이들은 그 이야기를 듣기 위해 서로 내 곁에서 걸으려고 자리다툼을 벌였다.

신이 나서 아이들에게 이야기를 들려주다 보면, 마치 내가 그 이야기 속의 장소에 가 있는 것 같은 착각에 빠지곤 했다. 단 한 번도 가보지 못한, 그래서 어떻게 생겼는지도 알지 못하는 미시시피 강변이 머릿속에 그대로 그려졌다. 톰과 허클베리 핀을 따라 그 강변을 헤매며 살인사건의 단서를 찾는 짜릿한 상상만으로도 행복했다. 상상의 세계 속에서 만큼은 가지 못할 곳도, 하지 못할 일도 없었다. 나는 무한히 넓은 미지의 세계를 열렬히 꿈꾸고 동경했다.

그 같은 동경은 자연스레 '외교관'이 되겠다는 꿈으로 이어졌다. 단발머리 중학교 시절, 장래희망을 '외교관'으로 결정하고 얼마나 가슴 뿌듯했는지 모른다.

그때는 외교관이 되기 위해서는 어떤 자격을 갖추어야 하는지, 외교관이 어떤 일을 하는 사람인지 제대로 알지도 못했다. 그러나 한 가지만은 확실하게 알고 있었다. 외교관이 되면 세계를 무대로 경쟁하며 일한다는 것, 그것은 곧 세계에 우리나라를 알리고 우리나라를 위한 일이라는 것만은 분명히 알 수 있었다.

또래의 아이들이 교사나 약사, 간호사처럼 일상의 직업을 꿈꾸던 것에 비하면, 내 꿈은 나름 높고 큰 것이었다.

가정 형편 때문에 대학 진학을 포기해야 했을 때도, 간호보조원(지금의 간호조무사)으로 파견돼 독일 병원에서 환자들을 돌볼 때도 내 꿈은 결코 그 자리에 머문 적이 없다. 지금 당장은 남의 나라에서 환자의 몸을 씻기고 허드렛일을 하는 간호보조원이지만, 독일의 명문대학에 진학해 공부를 하고 박사가 될 것이라는 확고한 꿈에 한 발짝씩 다가가고 있었다. 그리고 결국 독일에 간 지 3년 후에 명문 쾰른 대학 예비과정의 입학허가를 받아냈다.

쾰른 대학 도서관에서 처음으로 서양 사람들이 쓰는 '대서양' 중심의 세계지도를 봤을 때, 우리나라를 찾다가 나는 정말 큰 충격을 받앗다. 어린 시절부터 내가 봐온 지도에는 우리나라가 중앙에 당당히 위치해 있었는데, 대서양 중심의 지도에는 저 끄트머리에 아주 조그맣게 표시돼 있었던 것이다.

'아, 우리만 우리나라를 세계의 중심이라고 생각하며 살고 있었구나……'

한국인의 눈으로 세계를 보는 것과, 서양인들이 세계를 보는 시각 간에는 엄청난 차이가 있다는 걸 알게 됐다. 나에게는 우리나라가 당연히 세계의 중심이었지만, 그들에게 한국은 그저 지도 한 귀퉁이에 있는 아시아의 작은 나라일 뿐이었던 것이다. 그 사실을 깨달았을 때, 또 다시 가슴속에서 뜨거운 불길이 일었다.

'전 세계 곳곳에 우리나라를 알리는 일을 하자!'

새로운 목표 설정이 내 가슴을 한없이 뛰게 했다.

포기하지 않으면
기회는 온다

고등학교를 졸업할 즈음에 집안 형편은 몹시 어려워져 있었다. 우리 집은 아들 여섯에 딸 셋, 9남매 가정이다. 그중 내가 여덟 번째 막내딸이고, 밑으로 네 살 터울의 남동생이 있다.

오빠와 언니들은 모두 공부를 잘해서 지방 명문인 전주고와 전주여고를 다녔다.

교육열이 높으셨던 부모님은 9남매를 뒷바라지하는 데 헌신적이셨다. 새 학기가 되면 부모님은 등록금을 마련하느라 동분서주하셨다. 그러면서도 자식들에게는 걱정스러운 모습을 보이지 않으려 애를 쓰셨지만, 전전긍긍하며 속을 태우는 부모님 사정을 우리가 모를 리 없었다. 나는 등록금 고지서를 받고서도 부모님께 내놓기가 죄송해 며칠씩 가방 속에서 묵히곤 했다.

그때는 등록금을 제때 내지 못하면 교실 뒤편 게시판에 '등록금

27

미납자 명단'이 붙었고, 심하면 등교하지 못하도록 조치를 내리기도 했던 시절이었다. 등록금 액수가 적은 저학년 동생들은 그나마 나았지만, 고학년인 언니나 오빠들은 등록금을 내지 못해 학교에 가지 못할 때도 있었다.

결국 부모님이 택한 마지막 방법은 논과 밭을 파는 것이었다. 언니나 오빠가 고등학교나 대학에 진학할 때마다 우리 집 논과 밭은 조금씩 팔려 나갔다. 급기야 내가 중학생이 되었을 때는 더 이상 팔 땅조차 없을 정도로 몹시 어려운 형편에 놓여 있었다. 나는 명문 전주여중과 전주여고를 힘들게 졸업했지만, 차마 '대학에 보내달라'는 말을 꺼낼 순 없었다.

누군가 "부모님이 대학에 보내주지 않은 걸 원망한 적은 없느냐?"고 물어본 적이 있다. 단언컨대 나는 당시 대학에 진학하지 못했던 것을 두고 단 한 번도 부모님을 원망해본 적이 없다. 부모님이 우리를 공부시키기 위해 얼마나 고생하고 안간힘을 쓰셨는지를 잘 알고 있었다. 그 형편에 고등학교까지 보내준 것만으로도 충분히 감사해야 할 일이었다.

내 가슴속 아쉬움이나 실망은 스스로 감당해내야 할 부분이라고 여겼다. 마음이 부대낄 때면 혼자 너른 들판으로 나가곤 했다. 몇 시간씩 그곳에 앉아 노래를 하거나 그냥 말없이 하늘을 바라보았다. 그래도 나는 강한 사람이기 때문에 그 정도의 시련은 감내할 수 있다고 믿었다.

나는 대학 대신 공무원시험에 응시했다. 대학 진학을 포기한 것은 아니었다. 내겐 무슨 종교적 신념처럼 '언젠가는 꼭 대학에 가겠다'는 믿음이 있었다. 일단 공무원 생활을 하면서 학비를 벌고 야간대학에 진학하기로 목표를 세웠다.

총 200명을 뽑는 서울시 공무원시험에는 전국에서 1만 명의 응시자가 몰렸다. 나는 그중 9등으로 합격해 서울 중구청에 발령을 받았다. 합격자는 말할 것도 없이 대부분 남자들이었다.

1969년 3월 공무원 생활을 시작하고 이듬해인 1970년, 지금은 없어진 국제대학 야간학부 국문과에 입학했다. 하지만 직장 생활과 대학 생활을 병행하는 것은 생각처럼 쉽지 않았다.

그때 나는 중구청 민원실에서 호적 업무를 맡고 있었다. 1969년 당시는 우리나라가 처음으로 주민등록제도를 도입한 때였다. 지금은 모든 서류를 컴퓨터에 입력해 간단하게 처리하지만, 그 당시는 손으로 한 자 한 자 적어가며 서류 정리를 하던 때였다. 일일이 호적을 보면서 주민등록 카드에 적어가며 정리하는 일은 엄청난 작업이었다.

문제는 제 시간에 학교에 가기가 어렵다는 것이었다. 야간대학의 첫 수업은 오후 6시에 있었다. 수업 시간에 맞춰 가려면 오후 5시나 늦어도 5시 반에는 사무실에서 나와야 하는데, 그 시간에 퇴근하려면 이만저만 눈치가 보이는 게 아니었다. 할 일은 태산 같은데 일찍 퇴근하겠다고 나서는 직원이 다른 사람들 눈에 곱게 보일 리 없었다.

"미스 김은 좋겠어!"

"나도 학교에나 다닐까?"

따가운 눈총을 보내는 사람들에게 나는 몇 번이고 고개를 조아리며 "죄송합니다!"를 되풀이했다.

그렇게 눈치를 보며 학교에 다니려니 첫 시간은 거의 지각하거나 빼먹기 일쑤였다. 당연히 학점이 좋을 리 없었다. 첫 학기를 마치고 받은 첫 성적표는 C와 D학점투성이였다. 그럼에도 대학에 다니고 있다는 사실만으로 힘이 났다. 노력하면 모든 것이 더 좋아질 거라는 믿음이 있었다.

당시 친구와 내가 방을 얻어 자취하던 집은, 서대문 근처에 있는 방 두 개짜리 시민아파트였다. 요즘엔 상상도 못할 연탄불을 때는 아파트에, 방 하나는 주인아주머니와 그 아들이 쓰고 나머지 작은 방에는 친구와 내가 세를 살았다.

그때 나와 함께 자취 생활을 한 친구 역시 공무원시험에 합격해 서울대학에 근무하며 야간대학에 다니고 있었다. 수업을 마치고 집에 돌아오면 밤 11시가 넘었다. 우리는 그제야 쌀을 씻어 저녁 준비를 했다. 그렇게 지은 밥으로 그날 저녁과 다음 날 아침, 그리고 점심 도시락까지 세 끼를 해결했다. 조금이라도 돈을 아끼기 위해, 연탄불이 꺼지지 않을 정도로만 유지한 채 겨울 한 철을 나곤 했다.

방이 좀 춥거나 찬밥으로 아침을 먹어도, 신세를 한탄하거나 푸념을 늘어놓은 적이 없었다. 내가 선택한 길이고, 원하는 것을 이루려면 그 정도 고생은 당연히 거쳐야 하는 과정이라고 생각했다.

어느 정도 시간이 흐른 뒤, 저녁밥 고민은 감사하게도 해결이 되었다. 직장 다니며 공부하겠다고 안간힘을 쓰는 우리가 안쓰러웠던지, 주인아주머니께서 우리 것까지 준비를 해주셨던 것이다. 늦은 시간 학교에서 돌아오면 이불 속에 묻어둔 두 개의 밥그릇이 그렇게 정겨울 수가 없었다. 어려운 처지의 사람끼리 나누는 따뜻한 마음이 얼마나 큰 힘이 되어주는지 알 수 있었다.

스무 살에 대학 진학의 꿈을 접어야 했던 것은 내 인생 첫 번째의 좌절이었다.

그러나 좌절은 결코 끝이 아니었다. 공무원이 되고 나자 야간대학에 갈 수 있는 여지가 생겼다. 야간대학이라 할지라도 일단 4년제 대학을 나오면 교사자격증을 취득할 수도 있었다. 또 지금 당장은 9급 말단 공무원이지만, 대학만 졸업하면 행정고시에 도전할 수 있는 가능성도 열려 있었다. 대학 진학은 좌절됐지만, 길이 끝난 건 아니었다.

좌절해 주저앉으면 끝이지만, 포기하지 않고 길을 찾는 사람에겐 좌절이 동시에 새로운 가능성을 찾는 기회가 된다는 걸 그때 배웠다.

인생을 바꾼
첫 번째 터닝포인트

1970년 12월 어느 날, 볼일이 있어 시내에 나갔다가 우연히 한 친구를 만났다. 그런데 그 친구의 이야기가 귀를 번쩍 뜨이게 했다. 그녀는 '독일'에 가려고 준비 중이라고 했다.

'독일이라고? 무슨 수로 독일에 간다는 거지?'

친구는 신이 나서 설명을 했다. '해외개발공사'에서 독일로 파견할 간호보조원을 선발하는데, 그 시험에 합격하면 100% 독일행이 보장된다는 것이었다.

그 말을 듣는 순간, 나는 단 1초의 망설임도 없이 '나도 독일에 가야지!' 하고 결심해버렸다. 가슴이 쿵쾅거리며 눈앞이 환해지는 것 같았다.

'이건 기회야!'

그 자리에서 친구에게 간호보조원 양성소 입학원서를 구해달라는 부탁을 하고 돌아왔다.

독일에 가겠다는 내 말에 가족들의 걱정은 이만저만이 아니었다. 안정된 공무원 생활을 내팽개치고 이제 스물한 살인 딸이 독일에 가겠다니……. 그때만 해도 바깥세상을 모르고 살던 우리 가족에게 독일은 까마득한 외계만큼이나 멀게 느껴졌을 것이다.

근무하고 있던 중구청에서는 사표를 수리하지 않고 한 달간의 유예기간을 주었다. "마음이 바뀌면 언제든지 돌아와도 좋다"며 붙잡았을 때, 내가 조직에서 영 쓸모없는 사람은 아니었구나, 하는 생각에 마음이 뿌듯했다.

그러나 가족의 만류도, 안정된 직장도 나의 선택을 바꿀 수는 없었다. 내 마음은 이미 독일에 가 있었고, 그곳에서 이루고 싶은 꿈들로 가득 차 있었다.

당시 해외개발공사에서 운영하고 있던 '간호보조원 양성소'에 입소하기 위해서는 중졸 이상의 자격 요건에 필기시험을 치러야 했다. 대학입시처럼 국어, 영어, 수학 등 여러 과목의 시험을 봤다. 그렇게 선발하는 한 기수가 120명 정도였다.

시험에 합격하고 등록금을 납부하면, 9개월의 이론 수업과 3개월의 실습을 마친 뒤 자격시험을 치르게 돼 있었다. 이 시험을 통과해야 비로소 정식 간호보조원이 되어 독일로 갈 수 있게 되는 것이었다. 우리는 보건소와 서울시립병원에서 3개월의 실습과정을 거쳤다.

실습현장에서 간호보조원들이 하는 일은, 죽어가는 환자를 돌보거나 결핵 환자에게 약을 주고 수발을 드는 일들이었다. 힘이 들거나 궂은일은 고스란히 우리 몫이었다.

일이 힘든 건 그렇다쳐도 이해할 수 없는 것은 간호사들이나 간호학과 학생들의 태도였다. 그들은 험한 일을 도맡아 하는 간호보조원들을 아예 무시했다. 간호사들이 모이는 자리에는 얼씬도 못하게 해, 우리는 병원 속의 독립 집단처럼 단절된 생활을 해야 했다.

반말에 명령조는 일상이었다. 그때까지의 나는 주체적으로 삶을 사는 사람이었는데, '시키는 일만 하는 사람'이 되어야 한다는 게 너무 큰 충격이었다.

'그래도 견뎌야 해. 눈 꼭 감고 3개월만 참자!'

가장 당혹스러웠던 일은, 내가 근무했던 중구청 직원들이 시립병원으로 건강검진을 왔을 때였다.

당시 병원에서 간호사는 하얀색 가운에 캡을, 간호학과 학생은 학년 표시가 된 캡을 쓰도록 돼 있었다. 간호보조원의 가운은 하늘색이었는데, 하필 청소부 복장과 같은 색이었다.

함께 일하던 중구청 직원들을 안내하는데, 몇몇 사람이 인사를 건넸다.

"어, 독일에 간 줄 알았는데?"

"이런 일 하려고 직장을 그만둔 거였어?"

내 처지가 부끄럽게 느껴진 것은 그때가 처음이었다. 모든 것을 포기하고 달아나버리고 싶은 심정이었다.

나는 목표를 이루기 위해 어려움을 견뎌내며 노력하고 있는데, 그

것이 왜 차별받고 무시당해야 하는 일인지 알 수 없었다.

'왜 이 사람들은 어려운 환경을 이겨내고 꿈을 이루려는 사람들에게 격려는 고사하고 시련을 주는 것일까?'

그러나 그 경험 덕분에 내가 어지간한 시련 앞에서는 절대 기죽지 않는 사람이 되었다는 것은 소득이었다. 나보다 조금 못한 사람이라고 해서 상대를 무시하지 않는 올바른 가치관을 가지게 되었으니 결과적으로 값진 경험이 된 것이다.

실습이 끝나고서도 한동안 대기 상태로 있어야 했다. 전주 집에 내려가 하는 일 없이 독일 출발 소식을 기다리며 초조한 시간을 보냈다. 이미 학교도 자퇴하고 직장도 그만둔 상태라, 독일행이 불발로 끝난다면 이만저만 낭패가 아니었다. 무엇보다 독일에 가서 대학에 진학하고 박사가 되겠다는 꿈이 물거품이 될까 봐 두려웠다.

초조하고 긴 기다림……. 해외개발공사로부터 출국 안내장이 날아온 것은 무려 6개월 뒤였다.

1972년 8월 27일, 마침내 쾰른 공항에 발을 내딛었다. 그날은 '뮌헨 올림픽'이 개막된 역사적인 날이기도 했다.

새벽의 쾰른 공항은 안개가 자욱했다. 내 손에는 작은 여행가방 하나만 달랑 들려 있었다. 짐이라곤 옷 몇 벌과 속옷, 신발, 독일어 사전 등이 전부였다.

주머니에는 단돈 10원도 없었다. 독일에 도착하면 바로 병원에서 일을 시작하기 때문에 돈이 없어도 굶는 일은 없을 것이라고 생각했다.

간호사 4명과 간호보조원 6명으로 구성된 우리 일행은 마중 나온 병원장과 간호원장을 따라 버스에 올랐다. 우리가 향한 곳은 하노버와 함부르크 사이에 있는 '웰첸'이라는 작은 도시였다.

우리를 인솔하는 간호원장은 우람한 체격에 권위적인 모습이었다. 그녀는 일행 한 명 한 명에게 이것저것 물어가며 이야기를 건네왔다. "부모님은 어떤 일을 하시느냐?", "형제는 몇이나 되느냐?", "어떤 생각으로 독일에 왔느냐?" 등. 그녀의 질문에, 우리는 짧은 독일어로 열심히 대답했다.

그리고 6시간 후 병원에 도착하자 그녀는 나를 지목하며 말했다.

"얘가 앞으로 너희들 대표다."

서열상 자신들이 위라고 생각하는 간호사들은 못마땅한 표정이었다. 그런 사실을 알 리 없는 간호원장은 다시 한 번 다짐하듯 말했다.

"앞으로 나한테 하고 싶은 말이 있거나 어려운 일이 있으면 영희한테 이야기하도록 해라."

나중에 시간이 흐르고 나서야 내가 대표로 뽑혔던 이유를 알았다. 그날 버스 안에서 간호원장이 우리에게 일일이 말을 붙인 것은, 각자의 언어 실력이나 생각이 어느 정도인지를 파악하려는 일종의 테스트였던 것이다. 떠듬거리는 완전 초급 수준의 독일어였는데 그나마 내가 나았다니……, 부끄러웠다.

나는 알지도 못하는 새 이미 첫 번째 시험을 통과하고 있었던 것이다.

낮에는 간호보조원,
밤에는 가난한 고학생

독일에서 간호사가 3D 직종으로 꼽히는 이유는, 환자 뒷바라지를 온전히 해야 하기 때문이다. 독일은 우리처럼 보호자가 병실에 상주하며 환자를 돌보지 않는다. 대신 간호보조원이 보호자가 하는 일을 모두 도맡아 한다.

내가 일했던 남자 정형외과 병동은 교통사고 환자가 많은 곳이었다. 장기간 침대에 누워 치료를 받는 거구의 남자 환자들을 돌보는 일은 중노동에 가까웠다.

온갖 보조 기구를 몸에 매달아 100kg이 거뜬히 넘는 남자 환자들을 하루에도 몇 번씩 침대에 올렸다 내렸다를 반복하며, 먹이고 씻기는 일은 골병이 들 정도로 힘들었다. 보통 남자 환자의 대소변을 받아내는 일은 남성 보조원이 하도록 돼 있었지만, 일이 급하다 보면 남녀 구분을 둘 형편이 아니었다.

그때까지 남자의 벗은 몸이라고는 본 적도 없는 데다 우리는 고작 20대 초반의 여성들이었다. 속옷도 입지 않은 채 가운 한 장 걸치고 있는 남자 환자의 맨몸을 봐야 할 때면 초강력 주문이 필요했다.

'이 사람은 환자다!'

그러나 그런 부끄러움은 얼마 지나지 않아 모두 사라져버렸다. 병원 생활에 점차 익숙해지면서 피투성이 환자를 봐도 두렵지 않았고, 대소변을 받아내는 일에도 능숙해졌다. 투철한 직업의식이거나 아니면 환경에 적응하려는 생존 본능 때문이었는지도 모르겠다.

그렇게 힘들게 일을 하는데도, 우리가 일했던 병원의 간호사실에는 의자가 없었다. 수간호사가 일하는 곳에만 의자가 하나 놓여 있었다. 설령 의자가 있었다고 해도 거기 앉아서 편하게 쉴 수 있는 사람은 없었을 것이다. 출근해서 퇴근까지, 우리는 그야말로 엉덩이를 잠시 붙여볼 틈도 없이 환자들과 씨름해야 했다.

병원은 여러 동의 건물로 이루어져 있었다. 간호사와 간호보조원들이 쓰는 기숙사 건물에는 1층과 2층에 방이 열 개씩 있었는데 우리는 각자 방 하나씩을 썼다.

근무가 끝나고 기숙사로 돌아오면 너나없이 뜨거운 스팀 앞에 일렬로 늘어섰다. 하루 종일 육중한 체구의 환자들과 씨름하며 짓이겨지다시피 한 몸을 스팀에 지지기 위해서였다. 온통 쑤시는 몸을 풀기 위해서는 한여름에도 스팀이 필요했다. 일단 침대에 누우면 아무리 화장실이 급해도 일어나기 싫어질 만큼 몸은 천근만근이었다.

얼마나 몸을 혹사했던지, 독일 병원에서 근무한 지 1년 정도 지났을 무렵 나를 시작으로 간호사와 간호보조원들이 줄줄이 맹장수술을 받았다. 무슨 훈장처럼 우리는 같은 자리에 같은 수술 자국을 가지게 된 것이다.

그러나 아무리 힘이 들어도 아침이 되면 우리는 또 병실로 향했다. 새벽 4~5시에 일어나 준비를 하고 오후 2시까지 이어지는 오전 근무는 더욱 고됐다. 다른 사람들은 매주 오전과 오후 근무를 교대로 일했지만, 나는 자원해서 오전 근무만 했다. 밤에는 야간학교에 가야 했기 때문이었다.

오후 2시에 근무가 끝나고 다른 사람들이 쉴 때, 나는 그 시간을 이용해 숙제를 했다. 쉬는 시간이 거의 없었던 셈이다.

병원이 외진 곳에 위치한 탓에, 밤늦게 학교를 다니는 것도 보통 일이 아니었다. 한 시간에 한 대꼴로 다니는 버스는 그나마 저녁 6시가 되면 끊겼다. 고민 끝에 자전거를 사서 타는 법을 배운 후 학교까지 타고 다녔다. 머릿속엔 오직 공부를 해야겠다는 생각뿐이었기 때문에 깜깜한 밤길이 무서운지도, 위험한지도 몰랐다.

그렇게 힘들게 일과 공부를 병행하면서도, 환자들을 대할 때는 밝은 얼굴과 진심을 잃지 않으려고 노력했다. 환자들의 이름을 누구보다 먼저 외우고, 그들이 고통스러워할 때는 가장 먼저 달려가 손이라도 잡아주려 애썼다.

어떤 이는 내 손을 잡고 말했다.

"너는 간호보조원으로 그냥 있기엔 너무 아까워. 열심히 공부해서 의사가 돼라!"

그런 격려와 믿음에 힘을 얻으며 나는 꿈을 향해 한 발 한 발을 내딛고 있었다.

눈물로 읽는
어머니의 편지

　한국인 간호사와 간호보조원들 한 무리가 은행에 나타나면, 그날은 보나마나 병원의 월급날이다. 우리는 월급을 받으면 모두 함께 은행으로 향했다. 한국에 있는 집으로 송금을 하기 위해서였다.

　파독 간호사나 간호보조원, 광부들은 그들의 생계를 위해 독일행을 선택했다지만, 결국 국가 산업화를 위한 인력 수출이었던 것이다. 1960년대 미국은 박정희 대통령의 5·16 쿠데타를 이유로 차관을 거부했다. 경제적으로 빈곤했던 우리나라는 독일에 간호사와 광부를 보내는 대신, 그들의 임금을 보증금으로 독일에서 차관을 얻기로 했다. 아직 받지도 못한 임금이 나라에서 빌리는 돈의 보증금이 된 셈이다.

　그렇게 독일로 간 광부와 간호사는 1만8천 명이었다. 그들이 벌어들인 눈물 젖은 외화는 꼬박꼬박 조국에 계신 부모님과 가족에게 송

금되었다. 당시 우리나라 수출액의 2%를 차지했다는 그 돈은 한일 수교 협상에 따른 대일 보상금, 베트남 파병으로 얻은 달러와 함께 우리나라 산업화의 종자돈이 되었다.

하지만 월급날이 돌아올 즈음이면 마음이 편치 않았다. 모두 집으로 돈을 보내고 뿌듯해하는데, 나는 돈을 보낼 수 없었기 때문이다. 독일에 갈 때부터 내 최고의 목표는 '대학에 진학해 공부하는 것'이었다. 나중을 생각해 적은 액수라도 저축해놓지 않으면 안 되었다. 또 이미 시작한 언어 공부와 야간학교 다니는 데에도 지출을 해야 했다. 다른 사람들은 잠시라도 행복해지는 월급날이, 내게는 참 복잡한 감정이 드는 날이었다.

그립기도 하고, 죄스럽기도 한 마음으로 어머니께 편지를 쓰려면 인사말만 써놓고는 다시 막막한 심정이 되었다. 내 일상을 전하자니 어머니께 걱정만 끼치는 것 같고, 그렇다고 없는 일을 만들어 쓸 수도 없는 노릇이었다. 때로는 간절히 보고 싶은 마음을 전하려다가도, 그 그리움에 어머니 가슴이 더 아플 것 같아 보고 싶다는 말을 한껏 할 수 없었다.

결국 편지에 담을 수 있는 것은 평범한 안부 인사였다.

'저는 잘 있어요. 독일 사람들이 모두 친절하게 대해줘서 병원 생활이 즐거워요. 저는 건강하게 잘 지내니까 걱정하지 마세요……'

독일에서 한국으로 편지를 부치면 몇 주를 기다려야 받아보던 시절이었다.

한번은 어머니로부터 답장이 왔다. 연필로 꾹꾹 눌러쓴 반듯한 글씨였다.

'네가 말하지 않아도 낯선 독일에서 일을 한다는 게 얼마나 힘들지 짐작이 된다. 늘 미안하기만 하구나. 내가 한 가지 바라는 게 있다면, 우리 영희가 희망하는 대로 꼭 대학에 들어가 공부할 수 있게 되는 거다. 그 꿈이 이루어지기를 매일매일 기도한다. 영희가 원하는 대로 될 수 있기를……. 집 걱정은 하지 말고 건강하게 지내라.'

말하지 않아도 어머니는 이미 딸의 고통을 헤아리고 계셨던 것이다. 그러나 나 역시 어머니가 우리에게 내보이려 하지 않았던 고통을 알고 있었다. 내가 아주 어렸을 때부터 기억하는 어머니는 늘 '일하는 모습'이었다. 밭에서 허리 한 번 펴볼 새도 없이 분주하던 어머니……, 열이 넘는 가족 뒷바라지와 일꾼들 챙기느라 자신은 한 번 돌아보지도 못한 어머니였다.

집안 형편이 많이 기울었을 때, 어머니는 자식들 등록금에 보태려고 밭에서 기른 채소를 밤새 다듬어 시장에 내다 파셨다. 버스비 몇 푼을 아끼려 전주 시내까지 10km를 걸어 다니고, 장이 파한 다음에는 다시 그 먼 길을 걸어서 돌아오셨다.

어머니의 발에는 늘 물집이 가득 잡혀 있었다. 그래도 절대 고통스러운 내색을 하지 않으셨다. 우리 몰래 바늘에 실을 꿰어 물집을 터뜨리고, 미처 아물지도 못한 발로 다음 날 밭일을 나가셨다.

그런 고통과 헌신을 잘 알고 있었기에, 누구보다 열심히 공부를 해서 어머니에게 보답하고 싶었다.

어머니의 편지를 받아들고, 나는 어머니와 가족이 그리워 한참을 소리 내어 울었다. 어머니는 사랑이고 격려인 동시에, 내겐 가슴 아린 연민이었다.

다른 동료들도 나와 다르지 않았다. 누군가의 방에서 '엉엉' 목 놓아 우는 소리가 들리면 묻지 않아도 이유를 알 수 있었다.

'집에서 편지 왔나 봐…….'

그 서러운 울음소리에 우리는 각자 자신의 방으로 들어가 또 다시 숨죽여 울었다.

늘 가족이 그리웠다. 어쩌다 '어머니'라는 호칭을 입에 올리는 것만으로도 왈칵 눈시울이 뜨거워져 어쩔 줄 몰랐다. 참 대책이 없을 정도로 모두가 가난했던 시절이었지만, 그때 서로를 생각하는 마음이 더 깊었다고 느끼게 되는 건 무슨 까닭인지 모르겠다.

600년 전통의
쾰른 대학에 입학하다

누군가 내게 '당신의 인생을 짧게 요약해 말하라'고 하면, 나는 두 단어를 선택할 것이다.

'적극성'과 '성실성'.

스스로 가장 자랑스럽다고 생각하는 것을 말하라고 해도 역시 같을 것이다. 한국에서 고졸 학력과 야간대학 1년 재학이 전부였던 내가 독일 최고의 명문으로 손꼽히는 쾰른 대학의 철학 박사가 된 것도, 대한민국 특명전권 대사로 임무를 다할 수 있었던 것도 나의 바탕을 이룬 적극성과 성실성 덕분이었다고 자부한다.

부모님은 9남매를 키우면서 "공부 잘하라"는 말씀은 단 한 번도 하지 않으셨다. 그러나 "성실해야 한다"는 말씀은 아침저녁으로 하셨다. 성적으로는 꾸지람하지 않으셨지만, 성실하지 못한 행동에 대해서는 눈물이 쏙 빠질 정도로 불호령이 떨어졌다. 그래서인지 우리

9남매는 성실성에 있어서 만큼은 타의 추종을 불허한다.

독일의 병원에 도착해 간호보조원으로 일하기 시작했을 때부터, 내 모든 생활은 대학에 진학하기 위한 계획에 맞춰져 있었다. 나는 3년 동안 병원 일과 야간학교 수업을 병행하며 대학에 진학하기 위한 준비를 착실히 해나갔다. 독일어는 물론 영어와 불어까지 공부해 대학 입학 후 전공과정을 공부하는 데 문제가 없도록 철저한 준비를 했다(사회학 같은 경우 영어 원서를 읽고 리포트를 내는 식이기 때문에 언어적 준비가 되어 있지 않으면 대학에 들어가서도 전공 수업을 따라갈 수 없다).

물론 공부를 위한 준비에만 열을 올린 건 아니었다. 체력을 갖추기 위해 수영을 배웠고, 운전면허증도 일찌감치 따놓았다. 함께 병원에서 일한 한국 간호사 10명 중 내가 제일 먼저 운전면허증을 땄다. 나는 모든 것을 '대학 진학'의 시계에 맞춰 그대로 실천했다. 대학 예비과정에서 좋은 결과를 얻을 수 있었던 건, 3년간의 철저한 준비 덕분이었음은 두말할 나위도 없다.

정식으로 대학에 입학하기 위해서는 예비과정을 수료해야 했다. 다른 유학생들처럼 한국에서 대학을 졸업하지 않은 나로서는 예비과정에 들어간다는 것부터가 커다란 과제였다. 그러나 내게는 언제나 확실한 신념이 있었다. 원하는 것을 향해 최선을 다한다는 것!

나는 예비과정에 들어가기 위해 꼼꼼히 계획을 세우고 그것을 실천에 옮겼다.

가장 먼저 한 일은 입학에 필요한 서류들을 정성껏 작성하는 것이었다. 그 서류들을 제출하기 위해 병원에는 휴가를 내고 독일의 유명 대학들을 직접 찾아다니기로 했다.

시간을 아끼며 활용하기 위해서는 밤기차를 이용하는 수밖에 없었다. 어두컴컴한 새벽, 인적 없는 대합실은 낯설고 황량했다. 여기저기 신문지를 덮고 누운 노숙자들 틈에서 날이 밝기를 기다릴 때는 한없이 춥고 무서웠다. 그런 내 처지에 마음이 약해질 때면 한국에 계신 어머니를 생각했다. 이상하게도 어머니를 생각하면 두려움이 사라지고 더 큰 힘이 솟았다.

'난 괜찮아. 잘할 수 있어!'

날이 밝으면 다시 버스를 타고 목적지인 대학을 찾아갔다. 외국인 학생 입학처장을 직접 만나 내가 어떤 사람인지, 독일에 온 목적이 무엇인지, 나의 꿈이 무엇인지를 열심히 설명했다. 입학지원서를 제출하고 사무실을 나오면서도, 몇 번이고 뒤돌아서서 당부의 말을 덧붙였다.

"서류, 버리지 말고 꼭 검토해주세요. 부탁합니다!"

그렇게 독일 남부부터 시작해 10여 대학을 직접 찾아다녔다. 쾰른 대학은 마지막으로 지원서를 낸 곳이었다. 그런데 쾰른 대학으로부터 가장 먼저 입학허가 통보가 왔다. 뒤를 이어 하이델베르크, 마인츠, 하노버 등 원서를 낸 모든 대학에서 허가서를 보내왔다. 아마도 담당자를 직접 찾아가 서류를 제출하고 열정적으로 내 꿈을 이야기한 것이 주효하지 않았을까 싶었다.

나는 그 대학들 중 주저 없이 1388년에 설립된 명문 쾰른 대학을 선택했다. 나를 가장 먼저 뽑아준 곳, 600여 년 전통의 유서 깊은 대학……. 그곳에서 내 꿈을 이루고 싶었다.

입학허가서를 보내준 다른 학교에도 모두 '감사의 편지'를 썼다. 어떤 가능성을 가졌는지도 모르는 내게 선뜻 공부할 기회를 주겠다고 허락한 그들에게 진심으로 감사 인사를 전하고 싶었던 것이다.

1975년 9월, 내 꿈의 첫 단계인 쾰른 대학교에 입학했다.

죽을 각오로 독하게
공부에 매달리다

쾰른 대학 예비과정 시험을 보고 나서 나는 기절할 뻔했다. 그동안 내가 알았던 독일어와는 전혀 다른 것을 접하는 기분이었다.

간호보조원으로 일하는 3년 동안 나름 열심히 독일어 실력을 쌓았다고 생각했다. 병원에서는 독일어 선생님을 초빙해 한국 간호사와 간호보조원들에게 따로 독일어를 가르쳤다. 대학 진학이 목표였던 만큼 나는 누구보다 열심히 공부했고, 선생님이나 다른 독일인들로부터 "외국인치고 독일어를 잘한다"는 칭찬을 받기도 했다.

그런데 예비과정 시험을 치른 뒤 내가 느낀 점은 독일어라고 해서 다 똑같은 독일어가 아니라는 것이었다. 독일어는 '유식한 독일어'와 '일상적 독일어'로 구분해야 한다는 것을 알게 됐다. '식자층에서 쓰는 말'과 '일반적으로 쓰는 말'은 표현이 달랐던 것이다. 그동안 내가 공부하고 구사한 독일어는 일상 언어 수준일 뿐이었다. 사람들이 "잘

한다, 잘한다" 하니까, 정말 잘하는 걸로 착각하고 있었던 것이다.

시험 결과가 불안했다. 시험에 떨어지면 독일어 과정부터 다시 1년을 다녀야 했다. 떨어졌을 것이라 생각하고 거의 포기하고 있었는데, 결과는 '간신히 합격'이었다.

문제는 정식으로 전공과목 수업이 시작되면서 더 심각하게 나타났다. 내가 전공으로 선택한 교육학과는 정원이 40명이었다. 외국인은 내가 유일했고, 나머지 39명은 모두 독일 학생들이었다.

첫 강의를 듣는데 정말 거짓말처럼 단 한 마디도 제대로 알아들을 수 없었다. 단어 몇 개만 드문드문 귀에 들어왔을 뿐, 교수님이 무슨 내용을 이야기하고 있는지 알 길이 없었다. 노트 첫 줄에 그날 강의 제목만 쓰고는 그대로 백지 상태였다.

지금도 그때의 당혹감을 떠올리면 머릿속이 하얘지고 손이 차가워지는 느낌이 든다. 기숙사에 돌아와 침대 위에 털썩 주저앉은 채 한동안 절망과 자책 사이를 헤맸다.

'내 실력이 무지 형편없구나. 이런 상태로 공부를 할 수 있을까?'

다른 강의를 들어봐도 마찬가지였다. 교재를 보고, 교수님 강의를 들어도 아는 것보다 모르는 단어가 훨씬 더 많았다. 그러니 이해가 될 리 없었다.

나는 함께 강의를 듣는 친구들 중 똑똑해 보이면서 착하기까지 할 것 같은 몇 명을 찍었다. 그리고 그들에게 진심으로 부탁했다.

"내가 독일어가 서툴러서 강의를 잘 못 따라가겠는데, 네 노트 좀 빌려줄 수 있겠니?"

강의 교재와 친구들이 빌려준 노트를 수도 없이 읽고 또 읽었다. 독일어를 모국어로 쓰는 학생이 다섯 시간 공부한다면, 나는 열 시간, 스무 시간을 공부하는 수밖에 없었다.

하루 3~4시간씩 자면서 공부에 매달리자, 나중에는 강의 교재와 노트의 내용을 달달 외울 정도가 되었다. 그리고 4학기가 지난 뒤에는 독일 친구들의 노트를 빌리지 않아도 될 정도의 실력을 갖출 수 있었다.

내가 공부에 미친 듯이 매달린 데는 또 하나의 이유가 있었다. 누구보다 장학금이 절실히 필요했기 때문이다. 독일 대학은 등록금이 무료라 학비 부담은 덜었지만 생활비를 벌기 위해서는 아르바이트를 해야 했다. 방학 두 달 동안 양로원에서 환자들을 돌보는 일을 하면 한 학기 생활비를 마련할 수 있었다. 기숙사비는 기숙사 학생 대표를 하면서 면제받았다.

장학금을 신청하기 위해서는 '4학기 만에 8과목 학점 이수'라는 자격 요건이 있었다. 다른 친구들은 어떻게 하나 지켜봤더니, 제일 공부를 잘하는 친구가 4과목을 신청하고, 나머지 친구들은 보통 1~2과목 정도만 신청했다.

나는 공부 잘하는 친구를 따라 첫 학기에 4과목을 신청하기로 했다. 죽기 살기로 공부하면 안 돼도 2과목은 될 거라는 생각에서였다. 그리고는 정말 '죽어야 산다'는 각오로 공부에 매달렸다.

공부를 위해서는 염치나 체면을 차릴 여유가 없었다. 우리 과에는 독일어 실력이 빼어난 베아테Beate라는 여학생이 있었다. 한번은 그녀와 같은 조가 되어 리포트를 작성하게 됐는데, 그녀의 문장력이나 어휘력은 우리와 수준이 다르다는 것을 알 수 있었다. 한마디로 독일어의 지존이었다. 나는 공동 리포트 작성이 끝난 뒤에도 에세이를 쓰거나 과제물을 낼 때마다 그녀에게 보여주고 의견을 구했다. 꼼꼼한 그녀는 내가 쓴 글을 읽고 정확한 지적과 함께 수정해주었다. 덕분에 내 독일어 실력은 눈에 띄게 향상되었다.

그렇게 공부한 결과 첫 학기에 신청한 4과목의 학점을 모두 이수할 수 있었다. 그 다음 학기에 2과목, 다시 다음 학기에 2과목을 더해 나는 총 4학기가 아니라 3학기 만에 8과목의 학점을 이수했다.

비록 장학금은 '4학기를 모두 채우고 중간시험을 치른 뒤에 신청할 수 있다'는 규정에 따라 한 학기를 더 기다려서야 받을 수 있었지만, 목표 설정이 높았던 덕분에 다른 친구들보다 훨씬 앞서 나갈 수 있었다. 평균 6~7년이 걸리는 디플로마(학사와 석사과정)를 5년 만에, 그것도 아주 좋은 성적으로 마치자 독일 사람들도 놀라워했다.

독일의 대학은 보통 박사과정만 마치는 데도 10년 정도 걸린다. 나는 대학 예비과정부터 박사학위를 취득하기까지 10년(1986년 2월 1일 박사학위 취득)이 걸렸다. 그 후 쾰른 대학에서 강의를 하며 '전공과목을 강의한 최초의 외국인 여성'이라는 명예로운 타이틀을 얻기도 했다.

보통 문리대 학생들은 1개의 전공에 최소 2개 이상의 부전공을 선택해야만 한다. 나는 전공인 교육학 외에 사회학, 심리학, 인류학, 철학을 공부했다. 박사과정을 공부할 때는 라틴어까지 공부해야 했으니, 절대적인 공부 분량이 만만치 않았다.

사람들은 "머리가 좋아서 공부를 잘했느냐?"고 묻지만, 좋은 머리만으로 공부를 잘할 수 있는 건 아니다. 내가 믿는 건, '머리 좋은 사람보다 노력하는 사람이 낫다'는 사실이다. 머리 좋은 사람이 보통으로 공부해서는 평범한 사람이 죽기 아니면 살기로 공부하는 걸 감당할 수 없다.

나 역시 특별한 공부 비법 같은 건 없다. 무식할 정도로 공부하는 게 나의 공부 방법이다. 공부는 '소나기식' 몰아치기보다 하루도 빠짐없이 매일 하는 것이 중요하다. 운동선수가 매일 연습해야 하는 것과 똑같다. 나는 쾰른 대학 예비과정부터 박사과정을 마치기까지 10년 동안, 하루 4시간 이상 자본 적이 없다. 무조건 양적으로 많은 시간을 투자했다. 그리고 수없이 읽고 또 읽기를 반복했다.

박사과정을 공부할 때는 '박사가 된 다음 죽어도 좋다'는 마음으로 매달렸다.

'죽을 각오로, 정말 독하게 한번 해보자!'

내가 모든 걸 걸고 온갖 고통을 견뎌 내며 독일에 간 이유, 내 인생 최고의 목표라고 해도 좋을 그 꿈을 꼭 이루고 싶었다.

박사 논문을 쓰는 단계에 이르렀을 때는 전투 같은 생활을 했다. 당시는 컴퓨터가 보급되지 않은 시기였다. 320페이지에 달하는 논문을 타자기로 한 자 한 자 쳤다. 여유가 있는 사람들은 아르바이트생을 고용해 타이핑 작업을 하기도 했지만, 가난한 내겐 그럴 여유가 없었다. 처음부터 끝까지 내 손으로 직접 타자를 쳐야 했다. 잘

나가다가 한 자라도 오타가 생기면 낭패였다. 타이핑한 그 상태로 사진을 찍어 책을 만들기 때문에 수정 흔적을 남길 수 없었다. 오타가 나면 그 페이지는 처음부터 다시 쳐야 했다.

그나마 고추장에 밥을 비벼 먹으며 매달릴 때는 나았다. 마지막엔 거의 밥도 못 먹고 물만 마시며 타자기와 씨름했다. 논문을 제출하고 돌아와 거울을 들여다 보니 눈이 퉁퉁 부어 완전히 다른 사람처럼 보였다. 그대로 자리에 누워 며칠을 꼼짝없이 앓았다. 열에 들떠 뜨거운 몸보다 가슴속의 벅찬 성취감이 더 뜨거웠다.

혹자는 나를 "강한 사람"이라고도 말하고, 어떤 이는 "지독하다"며 고개를 젓기도 한다. 그러면 나는 반문한다.

"그 정도로 강하지 않고서야 어떻게 원하는 걸 이룰 수 있었겠어요?"

30년 만에 이룬
외교관의 꿈

　1989년 11월 9일 긴 세월 동안 동서냉전의 상징이던 베를린 장벽이 무너지고, 1990년 10월 3일 마침내 독일 통일이 이루어졌다. 당시 나는 쾰른 대학에서 교육철학을 강의하고 있었다. 그처럼 엄청난 역사의 한복판에서 생생한 현장을 지켜보는 심정은 감격 그 자체였다. 가슴이 저리도록 떨렸다.

　쾰른 대학 시절, 다른 학생들과 함께 동베를린 투어에 나섰다가 'South-Korean'이라는 이유로 입국을 거부당했던 경험이 있던 나로서는 더 특별한 감정을 느끼지 않을 수 없었다. 나의 조국 또한 분단국가가 아니던가…….

　독일 통일은 내 인생에 결정적인 영향을 미쳤다. 베를린 장벽이 붕괴된 후 얼마 지나지 않아 한국 대사관에서 발행하는 '교민 안내'에 '한국 외무부에서 독일 전문가를 채용한다'는 공고가 실린 것이다.

그 공고를 봤을 때, 정말 번개에 맞은 것처럼 전율을 느꼈다.

'이건 하늘이 오랜 세월 노력하고 끈기 있게 참아 낸 내게 주는 선물이 아닐까?'

꿈을 꾸는 것만 같았다. 단발머리 시절 열렬히 꿈꾸었던 일, 그동안 학자의 길을 가면서 잊고 있던 그 꿈에 도전할 기회가 나한테 온 것이다!

이번에도 결정하는 데 망설일 이유가 없었다. 결과가 어떻든 나는 도전하겠다고 결심했다. 당시 독일 대사관에서 영사로 근무하던 분은 내가 독일 전문가 채용에 응하는 것을 보고 의아해했다.

"김 박사님께서는 학교에 남아 교수를 하셔야지, 이거 농담 아닙니까?"

나는 힘주어 대답했다.

"아닙니다. 진심입니다."

시험에는 총 18명이 응시했다. 대부분 독일에서 유학한 사람들이었다.

단 한 명의 독일 전문가를 선발하는 시험은 엄격하고 까다로웠다. 외무부 고위직 담당자와 대학 독문과 교수 등 6명으로 구성된 인사위원회 면접은 '독일어로 묻고 독일어로 대답하는 방식'과 '한국어로 묻고 독일어로 대답하는 방식'으로 진행되었다.

거의 마지막 단계에서 한 인사위원이 걱정스럽다는 듯 내게 물었다.

"김 박사께서는 자유로운 학문을 하던 분인데, 제약이 많은 외교관 생활에 적응할 수 있을까요? 채용했는데 못 견디고 금방 나가버리면 서로 시간만 손해를 보는 일입니다."

나는 마음에 새겨두었던 답을 했다.

"한국은 나를 낳아서 키워주었고, 독일은 내 정신을 살찌게 해준 나라입니다. 두 나라 사이에 가교 역할을 하고 싶습니다. 뽑아주시면 나가라고 할 때까지 열심히 일하겠습니다."

확신에 찬 답변 덕분인지 합격이 되었다. '외교관'을 꿈꾸던 중학교 시절로부터 무려 30여 년 만에, 마침내 그 꿈이 이루어졌다. 참 길고도 달콤하면서 때론 슬프고. 그러나 나의 내부에 존재한다는 것만으로도 행복했던 '꿈'이었다.

Part 2

Ability

실력으로
자신을
증명하라

주 세르비아 · 몬테네그로 대사 신임장 제정 후
마로비치Marovic 대통령과 악수를 하는 모습.

"

인생을 살다 보면 누구에게나 기회는 온다.
그러나 중요한 것은 스스로가 그 기회를
잡을 준비가 되어 있는가 하는 점이다.
마음의 준비가 되어 있는 사람만이
'기회의 기차'가 내 앞을 지날 때 문고리를 잡고
기차에 뛰어 오를 수 있는 것이다.

"

자존심은 명품 백으로
유지되지 않는다

얼마 전 약속이 있어 대학가에 나갔다가 깜짝 놀랐다. 모델 같은
외모에 뛰어난 패션 감각으로 거리를 활보하는 여학생들을 한동안
넋을 잃고 바라보았다. 너나없이 촌스러웠던 우리의 20대 시절과는
비교조차 할 수 없을 정도로 세련된 모습이었다.

또 하나 놀랐던 건, 흔하다 싶을 정도로 많이 보이는 '명품 가방'이
었다. 100만원이 훌쩍 넘는 값비싼 가방을 어깨에 멘 여학생들의 모
습은 아주 자연스러웠다.

"아직 돈도 안 버는 학생들이 어떻게 저런 비싼 가방을 들 수 있
지?"

마침 자리를 함께한 기자 한 분이 친절하게 "요즘 젊은이들은 명
품을 상당히 선호하며, 그것으로 자신을 표현하고자 하는 욕구가 강
하다"라고 설명해주었다.

궁금해졌다. '과연 명품 가방이 자신의 존재를 설명하고 가치를 높여줄 수 있을까?'

몇 달씩 아르바이트를 해서 모은 돈을 명품 구입에 쓰고, 취업 시즌이면 성형외과가 붐빈다는 이야기는 아무리 세태라고 해도 영 쓸쓸했다.

문득 한국 최초의 우주인인 이소연 씨가 인터뷰에서 했던 이야기가 생각났다. 그녀 역시 미국에서 공부하던 시절, 가난한 유학생이었다. 장학금으로는 생활비까지 충당할 수 없어 공부를 하면서도 온갖 아르바이트를 했다고 한다. 그렇게 씩씩한 그녀도 주위의 부유한 유학생들이 비싼 가방을 들고 다니는 걸 보면 부러웠다고. 물론 부러운 이유가 조금 다르긴 하지만.

그녀는 그 명품 가방을 보며 생각했다고 한다.

'저 돈이면 보고 싶은 책도 잔뜩 사고, 아무 걱정 없이 몇 달은 먹고살 텐데……'

1970년대만 해도 유학을 가는 사람은 극소수였다. 유학생들은 보통 두 부류로 나눌 수 있다. 집안이 부유하거나, 정말 똑똑하고 공부를 잘하거나.

내가 다녔던 쾰른 대학에도 적은 수이지만 한국 유학생들이 있었다. 그들 대부분은 소위 한국의 명문대학 출신들이었다. 그들에 비하면 간호보조원 출신인 나는 아무래도 파격적인 인물이었다.

어느 날 한국 학생 몇몇이 모여 앉아 이런저런 이야기를 나누는데,

그중 한 남학생이 나를 바라보며 의미심장하게 한마디를 날렸다.

"공부, 아무나 하는 거 아닙니다."

그는 한국의 국립 명문대를 졸업하고 독일 유학을 온 수재였다.

그 뒤에 덧붙인 말은 더 가관이었다.

"어려운 공부에 매달리지 말고, 괜찮은 남자 골라서 시집이나 가는 게 낫지 않겠어요?"

너무나 어이가 없어서 대꾸할 필요성조차 느껴지지 않았다. 대신 가만히 이를 악물었다.

결국 내가 5년 만에 교육학 석사과정을 마치고 다시 4년 후 철학 박사학위를 취득할 때까지, 그 남학생은 여전히 학위를 따지 못한 채 공부하고 있었다.

이후 그가 내 앞에서 '공부' 운운할 기회는 두 번 다시 없었다.

나는 늘 비주류였기 때문에 실력으로 나를 입증하는 수밖에 없었다. 독일에서는 명문대 출신 유학생 속에 간호보조원 출신 학생으로 비주류를 경험했고, 외무부(현 외교통상부)에서는 외무고시 출신이 아닌 별정직 외교관으로 역시 비주류였다. 초창기에는 모르는 건 많은데 마땅히 물어볼 선배가 없어서 나보다 나이 어린 사무관을 붙잡고 이것저것 물어가며 일을 했다.

독일이 내게 많은 기회와 혜택을 주기는 했으나, 그 속에서도 이방인인 나는 어쩔 수 없는 비주류였던 것이다.

오래전, 전주에서는 명문으로 꼽히는 전주여중에 입학했을 때도 나는 비주류였다. 전주 시내 유명 초등학교에서 1, 2등을 다투던 똑똑한 여자아이들이 모인 속에, 나는 이름도 없는 신생 초등학교 출신의 촌아이였다. 내가 다녔던 초등학교에서 전주여중에 진학한 학생은 오직 나 하나였다.

그런 내가 반장이 되었을 때, 눈을 동그랗게 뜨고 "반장 다시 뽑아요!"라며 이의를 제기한 아이도 있었다. 내 존재를 증명해보이기 위해서는 뛰어난 실력을 갖추는 길밖에 없었다.

내 앞에 환경이나 학연, 인맥의 장벽이 나타날 때마다 그걸 넘어설 수 있게 도와준 건 오직 실력뿐이었다. 내가 그들보다 나은 실력을 갖추고 확실한 성과를 내어놓을 때, 더 이상 내 발목을 잡는 사람은 없었다.

일류대학 출신이 아니어서, '빽'이 없어서, 집이 가난해서 등 '안 되는 이유'를 먼저 찾는 사람은 이미 그 상황에 지고 들어가는 것이다. 긍정적인 사람은 열악한 조건을 원망하지 않고 그것을 극복하기 위해 몇 배 더 노력한다. 그렇게 얻는 결과야말로 값진 성취다.

여전히 백화점 명품관 앞에서 눈을 빛내며 가격표의 동그라미를 헤아리는 여학생이 있다면 이야기해주고 싶다. 지금 당장은 명품 가방이 자신을 돋보이게 해줄지 모르지만, 나중에 진정으로 자신을 빛나게 해주는 것은 바로 '실력'이란 사실을 잊지 말기를.

인생은 매순간이
테스트다

독일 전문가로 외무부에 특채가 됐을 때도, 쾰른 대학에서처럼 나에 대해 반신반의하는 사람들이 있었다. 한국에서 명문대학을 나온 것도 아니고, 정식 외무고시 출신도 아니었기 때문에 검증된 것이 없다며 못 미더워하는 시각이었다.

외무부의 독일 전문가 채용 시험에 최종 합격을 하고도 무슨 까닭인지 발령은 계속 미뤄지고 있었다. 그런 상태에서 내게 첫 임무가 주어졌다. 1991년 2월 26일, 당시 폰 바이체커 독일 대통령의 국빈 방문에 통역 임무가 주어진 것이다. 아직 발령을 받기 전이라, '잘해야 한다'는 부담이 더 컸다.

그 당시 외무부에는 특채와 관련된 불미스러운 사건이 있었다. 미국 명문대학에서 러시아문학을 전공하고 2급으로 외무부에 특채된 사람이 있었다. 그런데 이 사람이 당시 노태우 대통령의 러시아 방문에 통역으로 나섰다가 엉망으로 하는 바람에, 현지에서 급하게 교민으로 통역사를 교체하는 사건이 생긴 것이다. 그 때문인지 외무부에서는 나에 대해서도 검증이 필요하다고 생각하는 것 같았다. 내 입장에서는 외무부 입성을 위한 테스트 같은 느낌이었다.

통역은 보통 까다로운 일이 아니다. 단어 하나는 물론 어감이 조금만 달라져도 상대방에게 전혀 다른 의미로 전달될 수 있기 때문이다. 하물며 정상급 회담은 더 말할 나위도 없다. 외무부 담당자에게 회담 자료 외에 독일과 우리나라에 관한 여러 자료를 요청하자, 그는 알 수 없다는 듯 오히려 반문했다.

"독일어를 그만큼 하시는데, 무슨 자료를?"

천만의 말씀이다. 정상급 회담에서는 양국의 정무, 경제, 통상, 문화 등 광범위한 내용의 대화가 오가기 때문에, 통역하는 사람이 그런 내용들을 정확하게 알지 못하면 어처구니없는 실수를 범할 수도 있다.

나는 수백 페이지의 자료를 얻어다 줄을 그어가며 달달 외울 정도로 읽고 또 읽었다. 평소 익숙하지 않은 국제기구 약자나 용어들은 일일이 확인해 입에 붙을 때까지 외웠다.

통역을 할 때 또 하나 실수하기 쉬운 부분이 숫자를 옮기는 일이다. 서양과 우리는 숫자 단위가 다르기 때문에 순식간에 그걸 바꿔서 전달하다 보면 실수가 생길 수 있다. 나는 수첩에 내 식으로 따로 도표를 만들었다. 나중에 동시통역 전문가에게 그 비법을 가르쳐줬더니, "기발하다"며 몹시 좋아했다.

드디어 폰 바이체커 대통령이 방한하고, 나는 두 번의 공식 대담에서 통역 업무를 수행했다. 첫 번째는 우리나라 외무부 장관과 통일부 장관이 폰 바이체커 대통령을 예방해 면담하는 자리였고, 두 번째는 당시 박준규 국회의장을 방문해 면담하는 자리였다.

우리나라 장관들의 예방에는 위르겐 클라이너 당시 주한 독일 대사가 동석했다. 통역이 끝나고 나오려 하는데, 클라이너 대사가 환하게 웃는 얼굴로 다가와 내 손을 덥석 잡았다.

"Excellent! Excellent!"

그는 악수를 나눈 후에도 내 손을 놓을 생각도 하지 않고 감탄사를 연발했다.

"저는 한국 사람이 이렇게 완벽하게 독일어를 하는 것을 본 적이 없습니다. 당신은 어디에서 독일어 공부를 했나요?"

클라이너 대사의 긴 칭찬이 이어지는 동안, 장관들은 옆에 서서 기다려야 했다.

박준규 국회의장과 폰 바이체커 대통령의 면담은 TV 뉴스와 신문에도 기사화됐다. 사진 속에는 조그맣게 내 얼굴도 보였다. 그날 통역을 마치고 외무부에 들어가니 몇몇 사람이 다가와 인사를 건넸다.

"통역을 그렇게 잘했다면서요?"

"외무부에 뉴 페이스가 등장했다고 다들 난리예요!"

가슴속에 뭔가 뜨거운 게 솟구쳤다.

'아, 또 하나의 관문을 넘어섰구나……'

2월 말이 지나고 1991년 3월 8일, 나는 정식으로 외무부 발령을 받았다. '구주국 서구과 서기관'이 나의 첫 보직이었다.

그 후 나는 10년 동안 대통령의 독일어 통역을 담당했다.

내가 경험한 18년간의 외교관 생활은 매순간이 테스트라고 해도 좋을 만큼 치열했다. 매일 아침 사무실에 출근해 본부로부터 날아든 전문을 보면, 그날의 과제물을 받아든 것 같은 기분이었다. 만나기 힘든 인물에게 면담을 요청하고, 서로 이해관계를 달리하는 상대국을 내 편으로 만들어 협조하도록 만드는 만만치 않은 업무들이 나를 시험대 위에 올려놓았다.

내전이 일어난 나라에서 고립된 우리 교민을 구출할 방법을 찾아야 하는 절박한 순간에는 '내게 지혜를 달라'는 외침이 저절로 터져 나왔다. 책상에 쌓인 전문들이 나를 바라보며 '너의 능력을 보여줘!'라고 나지막이 말하는 것 같았다.

이런 시험은 어떤 직업, 어떤 세계에서도 마찬가지다. 학생들은 '학교만 졸업하면 시험은 끝'이라고 생각하지만, 막상 사회에 나와 보면 그때부터 본격적인 시험이 시작된다는 걸 깨닫게 된다. 학교에서 치르는 시험은 성적이 좋지 않으면 다음에 만회할 기회가 있지만, 사회생활 시험은 그 결과가 냉정하다. 단 한 번의 실수로 모든 기회를 잃을 수도 있다.

가끔 이런 생각을 할 때가 있다. '그때 내가 첫 통역 업무를 제대로 하지 못했더라면 어땠을까…….' 발령 취소까지는 아니더라도, 내 실력에 대한 부정적 평가 혹은 미덥지 않은 시선 속에서 외교관 생활을 시작했을지도 모른다.

　인생을 살다 보면 누구에게나 기회는 온다. 그러나 중요한 것은 스스로가 그 기회를 잡을 준비가 되어 있는가 하는 점이다. 마음의 준비가 되어 있는 사람만이 '기회의 기차'가 내 앞을 지날 때 문고리를 잡고 기차에 뛰어 오를 수 있는 것이다. 얼떨결에 거쳤던 그 테스트는, '철저한 준비와 실력을 갖춘 사람만이 기회를 잡을 수 있다'는 사실을 다시 한 번 확인시켜주었다.

스펙보다 경험으로
가치를 높여라

20대에는 어떤 것을 경험해도 모두 약이 된다. 좋은 경험은 인생을 풍요롭게 할 것이고, 설령 좌절하거나 고통스러웠던 경험이라고 할지라도 그것은 모두 자신을 발전시키는 디딤돌이 된다. 20대에 많은 경험을 하는 사람은 그만큼 많은 재산을 쌓아두는 것과 같다.

20대에 하는 공부나 경험, 그때의 가치관은 인생 전반에 걸쳐 엄청난 영향을 준다. 세월이 흘러 나이가 40, 50을 넘은 다음 돌이켜보면, 자신의 생각이나 행동의 바탕은 모두 그때 형성된 것임을 깨닫게 된다. 20대라는 시기는 마치 '건강한 나무의 뿌리'와 같아서, 외부에서 주어지는 수분과 양분을 거침없이 빨아들인다. 그리고 그것을 왕성하게 내 것으로 만들어낸다. 그래서 20대에 하는 '모든 경험'은 소중하고도 값진 것이다.

지금도 나는 이력사항에 '1972년 8월~75년 8월 독일 웰첸 시립병원 근무/간호보조원'을 꼭 기재한다. 이 이력을 확인할 때 사람들의 반응 차이가 재미있다. 외국 사람들은 "당신은 참 다양한 경험을 가진 사람이군요!" 하고 감탄하며 호감을 보이는 반면, 우리나라 사람들은 의외라는 듯 "이런 것까지 다 쓰셨네요……"라고 말한다. '구태여 뭐 이런 것까지 썼느냐?'는 뉘앙스다.

해외에 나가 일을 해보면, 경험이 얼마나 큰 자산인지를 피부로 느끼게 된다. 18년간 외교관으로 일하며 유럽 선진국을 경험한 사람으로서 자신 있게 말할 수 있다. 선진국이 요구하는 최고 인재는 자격증과 외국어 실력으로 스펙을 갖춘 사람이 아니라, '다양한 경험'을 가진 사람이다. 나 역시 그런 인재들을 귀하게 여기고, 그런 이들과 함께 일하기를 희망했다.

그들은 어떤 경험도 사소하게 여기지 않는다. 제3국에서의 봉사활동부터 벼룩시장에서의 장사, 도보 여행, 마라톤대회 완주에 이르기까지 모든 것을 값지게 생각하고 그것에 도전한 사람의 성취감을 높이 산다. 일찌감치 관심 분야를 정한 젊은이들은 정치인의 선거캠프에서 자원봉사를 하기도 하고, 대학 신문사에서 기자로 활동하거나, 법률 사무소에서 인턴십으로 경력을 쌓기도 한다.

해외에서 경험을 쌓는 것은 우리 젊은이들에게도 당연히 큰 관심사일 것이다. 조금만 발품을 팔고 정보를 모으면 큰돈 들이지 않고도 외국에 나갈 수 있는 기회를 잡을 수 있기 때문에, 충분히 노려볼 만한 일이다.

대학마다 해외 자매결연 학교가 있어 학점 관리만 잘하면 외국 대학에서 몇 학기를 다닐 수도 있다. 교회에서 운영하는 해외 봉사활동 프로그램도 많고, 국제기구의 인턴십에 도전해볼 수도 있다. 국제기구나 유엔의 인턴십은 외국 학생들도 적극적으로 도전하고 노리는 자리라, 치밀하게 준비하지 않으면 기회를 잡기 어렵다. 평상시 관심 있는 국제기구의 홈페이지나 외교통상부를 통해 수시로 정보를 입수하고, 외국어 공부를 철저히 해두어야 한다.

흔한 기회는 아니지만, 우리나라 재외공관에서도 인턴십을 운영하고 있다. 모집 시기가 정해져 있는 것은 아니고, 외교통상부 홈페이지를 통해 부정기적으로 공고가 난다.

내가 세르비아에서 대사로 재직할 당시, 우리 대사관에서도 한국외국어대학교 세르비아어과 학생이 6개월간 인턴사원으로 근무한 적이 있다. 재외공관 인턴사원에게는 왕복 항공권과 소정의 월 생활비가 지급되고 학점도 인정된다

'스펙'에 지나치게 목매지 말자. 비슷비슷한 자격증과 별 차이 없는 토익 점수로는 자신의 진정한 가치를 입증할 수 없다. 사회생활은 수많은 문제와 갈등을 해결하는 과정의 연속이다. 때문에 '누가 얼마나 더 많은 것을 경험했는가?', '그 경험을 바탕으로 얼마만큼의 문제해결 능력을 가지고 있는가?' 등이 진정한 글로벌 인재를 결정짓는 요인이 될 것이다.

진정한 프로페셔널로
승부하라

해외에서 외교관으로 일하던 시절, 나의 비서들은 모두 경험이 많은 내 연배의 여성들이었다. 그들은 풍부한 경험으로 내가 미처 파악하지 못하고 지나치는 것이 있으면 그것을 지적해주고 완벽하게 지원해주었다. 나는 지금도 옛 비서들과 메일을 주고받으며 오랜 친구처럼 지낸다.

그런데 한국으로 돌아와서는 어떤 사무실에 가봐도 그런 연륜이 느껴지는 비서를 볼 수 없었다. 한 기업의 사장실 비서로 근무하는 여성은 직장 때문에 결혼을 미루고 있다고 했다. 서른셋이라는 나이도 비서로서는 적지 않은 데다 결혼까지 하면 분위기상 회사를 그만두어야 할 것 같다는 것이 그녀의 고민이었다.

나로서는 이해가 되지 않는 이야기였다. 그 정도 경력이면 비로소 비서 업무에 대해 확실하게 파악했을 텐데…….

쾰른 대학에 입학해 가장 놀랐던 점은 교수 방에 있던 '할머니 비서'였다. 교수를 만나러 갔더니 웬 할머니가 교수 방 앞에 앉아 있었다. 정말 말 그대로 할머니였다. 그런데 그 할머니 비서는 풍부한 경험을 가지고 있어서, 학생 얼굴만 봐도 무슨 용건으로 교수를 찾아왔는지 알아차릴 정도였다. 교수를 대하는 그의 모습은 마치 엄격하고도 자상한 어머니처럼 보였지만, 교수가 필요로 하는 것을 소리 없이 완벽하게 처리하고 있었다.

그때까지 한국에서 봐왔던 비서란, 커피 심부름과 전화 연결이 주요 업무인 예쁜 아가씨들뿐이었는데……. 할머니 비서는 새로운 문화인 동시에 신선한 충격이었다. 독일에서 비서는 상관의 가장 가까운 곳에서 업무를 지원하는 경륜 있는 전문직으로 인정받고 있다.

외교관 시절에는 출장차 비행기를 타는 일이 잦았다. 특히 독일에서 근무할 때는 루프트한자 항공기를 많이 탔는데, 나이 지긋한 스튜어디스들이 일하는 모습을 자주 보곤 했다. 중년의 노련미에 마치 남성처럼 씩씩한 스튜어디스들을 보면, '만약 비행기를 타고 가다가 문제가 생기면 저들이 나를 보호해주겠구나' 하는 믿음이 생겼다.

루프트한자에서 우리나라 국적기로 갈아타는 순간 예쁘고 상냥한 젊은 스튜어디스들을 만나게 된다. 이번에는 가냘픈 그들이 기내에서 오가는 것을 보면서, '만약 비행 중에 문제가 생기면 저들이 나를 돌봐줄 수 있을까, 내가 저들을 돌봐야 하는 건 아닌가?' 하는 부질없는 생각을 하곤 했다.

나이가 들었다고 무조건 일을 잘하고, 날씬하고 가냘프다고 일을 못하는 것은 아니다. 그러나 비서와 스튜어디스, 심지어 뉴스 앵커까지도 거의 같은 기준의 외모를 가져야 한다는 것은 이해되지 않는다. 그들에겐 외모라는 기준보다 각각의 업무에 필요한 능력이 우선되어야 하는 것 아닌가?

TV에서 뉴스를 전하는 여성 앵커가 모두 젊고 예쁜 사람들뿐이라는 점도 생각해볼 문제다. 뉴스를 전하는 것이야말로 현장 취재 경험과 연륜이 있는 사람이 해야 할 일이다. 그런데 한 방송사의 여성 앵커로부터 전해들은 이야기는 자못 충격적이었다. "시청자들이 나이든 여성 앵커를 선호하지 않기 때문에 늘 젊고 예쁜 앵커로 교체되는 것"이란다. 전문가 한 사람을 만들기까지는 막대한 경제적 비용과 시간이 소요되는데, 그것을 그처럼 허무하게 날려버리다니…….

내가 할머니 비서나 나이든 스튜어디스들을 보며 감탄했던 부분은, 그들의 일하는 모습에서 절로 느껴지는 전문성과 연륜이다. 그들 개인의 성취감과 경륜이 만들어내는 국가의 경쟁력은 부럽기까지 하다.

외모의 능력은 유효 기간이 짧다. 국제사회에서는 통하지도 않는다. 인정받으며 길게 생존하는 사람은 자기만의 실력과 전문성을 갖춘 이들이다. 우리 사회 각 분야에서도 나이에 구애받지 않고 멋지게 뛰는 프로페셔널들을 많이 볼 수 있기를 희망한다.

5개 국어 구사의 비법?
실수를 두려워 마라!

나는 독일어, 영어, 불어, 라틴어를 모두 스물이 넘어서야 본격적
으로 공부하기 시작했다. 세르비아어의 경우 대사로 임명된 뒤 배우
기 시작했으니까, 50세가 훨씬 넘어서 전혀 새로운 언어에 도전한
것이다.

사람들은 내 이력만 보고 내가 특별한 언어 능력을 가졌을 것이라
고 생각하는 듯한데, 솔직히 말하면 그렇지 않다. 독일에 가기 전까
지 외국어 공부라고는 중고등학교 6년 동안 배운 영어가 전부였다.
회화 실력이라고 해야 고작 'I am a Korean girl' 정도였으니, 수준
을 말하기도 부끄러울 정도였다.

그럼에도 외국어를 잘하고 싶다는 강렬한 욕구를 가지고 있었다.
욕구가 있다면 그 다음 중요한 것은? 바로 그것에 도전하는 일이다.
나는 외국어 공부에 무모할 정도의 도전을 했다.

독일 병원에서 간호보조원으로 일할 때, 병원에 실습 나오는 독일 의대생들은 영어, 불어, 라틴어까지 자유자재로 구사하고 있었다. 그 모습을 보고 더럭 겁이 났다.

'아, 큰일 났다. 나는 독일어도 제대로 못하는데 어떻게 저런 학생들하고 공부를 하지?'

대학에 가서 공부할 것이라는 생각이 머릿속에 가득한 내겐, 그들 모두가 친구인 동시에 경쟁상대로 보였다. 나는 독일어 공부를 어느 정도 끝낸 다음, 야간 어학원에 영어와 불어를 수강 신청했다.

라틴어를 배우게 된 계기도 비슷하다. 박사과정에서는 라틴어 이수가 필수였다. 단 아시아 출신 학생은 라틴어와 고대 중국어 중 하나를 선택할 수 있었다. 그런데 가만 보니까 한국에서 온 유학생 중에는 라틴어를 선택하는 사람이 한 명도 없었다. 아무래도 조금이나마 한자를 배운 한국 사람들에겐 중국어가 더 쉽고 가까웠던 것이다.

나는 라틴어에 대한 강렬한 도전의식을 느꼈다. 나중에 한국으로 돌아가 "독일에서 박사학위를 땄다"며 떳떳하게 말하려면, 독일 학생들이랑 똑같이 해야겠다는 생각이 들었다. 그것이 라틴어를 선택한 이유였다. 그때까지의 라틴어 실력이라곤 예비학교에서 초급 수준을 1년간 배운 게 전부였는데……

라틴어도, 독일어도 내게는 모두 외국어다. 그나마 몇 년간 공부한 독일어에 비하면 라틴어는 또 다시 개척해야 하는 신천지였다.

다행스럽게도 내게는 이 신천지 개척에 길잡이가 되어줄 친구가 있었다. 나와 함께 라틴어 코스를 다니던 기숙사 동료 중에 멕시코인 친구가 있었다. 이 친구는 스페인어가 모국어이기 때문에 라틴어 해석이 나보다 훨씬 수월했다. 우리는 항상 번역 과제를 같이하면서 두 사람의 독일어와 라틴어 실력을 총동원해 서로를 도왔다. 그 결과 라틴어로 된《벨룸 갈리쿰Bellum Gallicum》(줄리어스 시저의《갈리아 전쟁》)을 읽고, 그걸 다시 독일어로 번역하는 시험을 멋지게 통과할 수 있었다.

아직도 영어 공부를 하면서 '문법이 먼저냐, 회화가 먼저냐?', '읽기는 되는데, 말하기가 잘 안 돼서' 등의 고민을 하고 있지는 않은지?

외국어를 배우는 것은 모국어를 배우는 것과 똑같다. 아기 때는 말은 하지 못한 채 듣기만 한다. 부모님이나 어른들이 어르는 소리를 들으며 옹알이를 하다가, 언어가 습득되기 시작하면 엄마, 아빠, 맘마 같은 기초적인 단어를 말하게 된다. 그 다음은? 초등학교에 들어갈 무렵이 되면 읽기와 쓰기를 배우기 시작하는 단계로 넘어간다. 문법을 익히는 건 마지막 단계이고, 어휘력은 해당 언어를 계속 사용하다 보면 자연스레 늘게 된다.

나의 외국어 공부 비법은 간단하다.

첫째, 무조건 따라 하기 혹은 흉내 내기.

내가 빠른 시간 안에 기초적인 독일어 실력을 갖추게 된 것은, 병원이라는 환경 속에서 일하며 매일 독일어를 쓰는 사람들과 생활했기 때문이다. 나는 환자와 의사를 막론하고, 누구든지 얼굴이 마주치면 인사를 건네고 꼭 몇 마디씩이라도 이야기를 주고받았다. 그러면서 정확한 발음을 구사하는 사람이 누구인지를 파악한 다음, 그의 말투나 발음을 주의 깊게 살피고 열심히 흉내 냈다. 다행히도 내가 근무하는 병원은 독일에서 표준어를 구사하는 지역이었다.

연예인이나 가수의 성대모사도 흉내 낼 대상의 말투나 소리의 특징을 파악해 반복 연습함으로써 가능해지는 것이다. 외국어를 배울 때도 따라 해보기를 하면 효과적이다. 이 흉내 내기는 정확한 발음과 억양을 구사하는 데 큰 도움이 된다.

외국인이 완벽하지 못한 외국어를 구사해도 발음이 정확하면 친근감이 들고 그가 하는 말에 더 귀를 기울이게 된다. 그러나 완벽한 문법의 영어라고 해도, 발음이 엉망이면 이야기 내용이 귀에 들어오지 않는다.

우리나라 사람들의 약점으로 지적되는 [r/l], [f/p], [b/v], [w] 등의 발음에는 늘 정확성을 기할 것을 강조하고 싶다.

둘째, 정확하게 말하고 쉽게 쓰기.

잘 알고 있으면서도, 우리가 외국어를 구사할 때 가장 많이 틀리는 부분이 있다. 한국어에는 관사가 없고 단수와 복수 구분이 없는 단어가 대부분이다. 그러나 영어나 독어, 불어 등에서는 모든 명사 사용 시 관사와 단수, 복수를 구분하고 그에 따라 동사가 바뀌기 때문에 정확하게 하지 않으면 내용 전달이 어렵다. 화려한 수식어를 넣어 말하려 하지 말고 쉬우면서도 정확한 문장을 말하는 습관을 들이는 게 중요하다.

글쓰기도 마찬가지다. 대학 예비과정에서 독일어를 가르친 선생님은 "쓰기에 대한 부담을 버리라"고 강조했다. 못 써도 된다는 게 아니라, 쉽게 쓰라는 것이다.

"에세이 쓰는 걸 두려워하지 마라. 글을 쓸 때는, 내가 읽은 책의 내용을 할머니에게 전해준다고 생각하고 가능한 한 쉽고 명료하게 써라"

글쓰는 것에 관한 한, 외국어로 쓰는 것이나 우리글로 쓰는 것이나 마찬가지다. 할머니가 알아들을 정도로 간단명료하게, 내용이 정확하게 전달되도록 쓰라는 이야기다.

셋째, 자존심은 버리고 뻔뻔할 정도로 용감해질 것.

모국어가 아닌 언어는 우리에겐 모두 제2 외국어다. 우리가 그 외국어를 완벽하게 할 수 없는 것은 지극히 당연한 일이다. 그런데 요즘은 어학연수나 해외 생활 경험자가 늘어난 탓인지, 네이티브 스피커 정도의 수준이 아니면 '잘하는 영어'로 생각하지도 않는 것 같다.

혹시 인도나 파키스탄인의 영어를 들어본 적 있는지? 이들은 영어가 공용어인 까닭에 완벽한 문법에 자유자재로 영어를 구사하지만, 자국어 특유의 억양이 섞여 발음이 딱딱하다. 그럼에도 그들은 당당하게 말한다.

"우리나라 말이 아닌데, 내가 어떻게 영어를 완벽하게 해?!"

완벽한 영어(외국어)를 구사하려면, 아마 죽을 때까지 영어 대화라고는 시작하지 못할지도 모른다. 창피하다고 입을 열지 않으면 외국어 실력은 절대 늘지 않는다. 외국어 공부를 할 때만큼은 자존심일

랑 잠시 접어 책상 서랍에 넣어둘 것을 권한다. 나 역시 대화하거나 연설하면서 틀린 전치사와 문장이 내 귀에 들어와 얼굴을 붉힌 적이 한두 번이 아니다. 하지만 실수를 통해 확실한 공부가 되기 때문에 이를 두려워해서는 안 된다.

외국인이 다른 나라 언어를 완벽히 구사하기 위해서는 평생 공부해야 한다. 40여 년간 외국어를 사용해온 나도 여전히 외국어 스트레스에서 해방되지 않았다.

학원이 아니라
생활 속에서 공부 방법을 찾아라

나는 지금도 영어 공부를 한다. 가능한 한 완벽하고 수준 있는 영어를 구사하기 위해서는 끝없는 공부가 필요하다. 반기문 유엔 사무총장 역시, 유엔 사무총장이 된 뒤에도 열심히 영어 공부를 하신다는 이야기를 듣고 얼마나 반가웠는지 모른다.

외국어 공부는 '길고 긴 여정'이다. 평생에 걸쳐 공부하겠다는 굳은 의지와 끈기가 필요하다. 몇 년 공부해 취업을 위한 토익 고득점을 노리는 것으로는 진짜 실력을 만들 수 없다.

독일에서 공사로 재직하던 시절에는 외교부의 '대사 자격 영어시험'을 치르기 위해 영국인 선생님으로부터 영어 개인지도를 받았다. 외교관이 되고 나면 외국어시험으로부터 자유로울 것이란 생각은 금물이다. 외교관이 대사가 되기 위해서는 4개 분야에 대한 역량 평가가 이루어지며 그중 영어도 포함돼 있다.

영어 개인지도는 1주일에 1회 선생님과 자유토론을 하고, 에세이를 써서 교정받는 식이었다. 공사 업무에다 거의 매일 있는 만찬이나 행사가 끝난 뒤 책상에 앉을 수 있는 시간은 새벽 1시나 2시다. 그래도 단 한 번도 에세이 쓰기를 거른 적이 없다. 앞으로도 몇 번이고 되풀이해서 이야기할지 모르겠지만, 나의 신조는 '성실!', 그리고 일단 시작한 일은 끝을 보는 것이다.

나의 외국어 공부에 자극을 주는 동시에 도움을 주는 이는, 바로 남편인 조오지 헤퍼난George Heffernan 교수다. 그는 실제로 5개 국어를 거의 완벽하게 구사한다. 모국어인 영어 외에 독일어, 불어, 라틴어, 희랍어까지. 그는 내게 외국어 공부에 대한 자극을 주는 동시에 강력한 동기부여를 한다.

남편이 가장 정성을 기울이는 일 중 하나가 내게 보낼 책과 영화 DVD를 고르는 것이다. 그는 국제정세나 외교 관련 서적, DVD와 내가 좋아하는 전기들을 사서 항상 우편으로 보냈고, 방학 때면 직접 책 보따리를 들고 왔다(남편은 미국의 대학에서 교수로 일하고, 나는 독일과 한국, 세르비아에서 외교관으로 근무하며 떨어져 지냈기 때문에 여름과 겨울방학이면 항상 내가 있는 곳으로 왔다). 그런 외조 덕분에 나는 수백 권의 외교 관련 서적과 300개가 넘는 영화 DVD를 소장하고 있다.

좋은 영화는 훌륭한 영어 공부 교재인 동시에, 외국인과의 대화에서 좋은 소재로 활용할 수도 있다.

나는 좋은 영화는 여러 번 본다. 특히 제인 오스틴Jane Austen의

소설을 영화화한 〈오만과 편견Pride and Prejudice〉은 수도 없이 반복해서 봤다. 내용이 좋은 건 두말할 것도 없고, 아름답고 품위 있는 대사 한 마디 한 마디가 그대로 머릿속에 쏙쏙 들어오기 때문이다.

집을 물려받을 콜린스에게 엘리자베스를 시집보내려는 어머니가, 아버지에게 딸을 설득하라고 했을 때 아버지인 베넷의 대사는 압권이다.

"An unhappy alternative is before you, Elizabeth. From this day you must be a stranger to one of your parents. Your mother will never see you again if you do not marry Mr. Collins, and I will never see you again if you do."

–넌 어려운 선택을 하게 됐구나. 엘리자베스. 오늘부터 부모 중 한 사람은 너에게서 멀어질 테니. 네가 콜린스 씨와 결혼하지 않으면 엄마와 의절하게 될 거고, 만약 그와 결혼하면 나와 의절하게 될 거다.

품격과 위트가 넘치는 대사는 저절로 머릿속에 남는다.

영어 공부용으로 적합한 작품을 더 추천한다면, 헨리 8세의 일대기를 다룬 드라마 〈더 튜더스The Tudors〉나 영화 〈엘리자베스 1세 Elizabeth I〉도 권하고 싶다. 두 작품 모두 배우들의 완벽한 영어에 당시의 역사적 배경까지 공부할 수 있어 일석이조다.

영어 공부용 영화나 드라마는 약간 고리타분하더라도 고전적인 것들이 좋다. 그런 작품들은 일단 대사가 좋고 배우들의 전달력도 안정적이다. 최신 트렌디 드라마나 영화는 재치 있는 대사로 흥미를 유발할 수는 있지만, 격이 있는 영어를 배우기에는 아무래도 거리가 있다. 여행하며 쇼핑하는 데나 쓸 영어가 아닌 국제적 감각의 영어 실력을 갖추고 싶다면 좋은 영화를 교재로 선택하는 것도 방법이다.

영화 외에 라디오, 신문, 텔레비전, 책 등 우리 실생활에 밀접한 모든 것을 외국어 공부의 시청각 자료로 활용하는 것도 좋은 방법이다. 이러한 일상생활의 소재는 그 언어를 사용하는 사람들의 사고를 쉽게 이해할 수 있는 기회가 되기도 한다.

내가 외국어 공부에 가장 잘 활용한 것은 라디오와 신문이었다. 보통 영어 공부를 하는 사람들은 미국 드라마나 텔레비전 프로그램을 많이 보는데, 나의 경우 그보다는 '라디오 청취'가 큰 도움이 됐다. 텔레비전 프로그램은 말을 알아듣지 못해도 화면을 보고 내용을 추측하게 된다. 따라서 자신이 완벽하게 알지 못하는 내용도 대충 아는 것으로 넘어갈 수 있는 가능성이 있다. 하지만 라디오는 그런 추측이 불가능해 내용을 파악하기 위해서는 단어 하나하나를 정확하게 듣게 된다.

요즘은 MP3에 외국 영화 전체를 다운받을 수도 있으므로, 그런 것들을 활용해 듣는 훈련을 확실하게 할 것을 권하고 싶다. 그렇게 해서 귀가 열리고 나면, CNN이나 BBC를 보면서 정확한 발음과 억양을 익히는 게 좋다.

고전적인 방법이지만 신문은 활용도가 정말 높은 외국어 교재다. 신문 기사들은 우리 생활의 일상적인 내용을 담고 있기 때문에 흥미를 유발시키는 동시에 이해를 쉽게 도와준다는 면에서 도움이 된다. 어휘력을 넓히고 실생활에서 적용할 수 있는 영어 공부를 원하는 사람이라면, 신문 읽기를 적극 권한다. 나 역시 《인터내셔널 헤럴드 트리뷴International Herald Tribune》이나 《디 이코노미스트The Economist》, 《디 차이트Die Zeit》, 《데어 쉬피겔Der Spiegel》 등의 신문과 잡지들을 열심히 읽었고 실제로 실력 향상에 큰 도움이 됐다.

또 하나, 영어 책을 많이 읽을 것을 권하고 싶다. 하지만 고급 수준의 영어 실력자가 아니라면, 너무 어려운 책에는 도전하지 말길 바란다. 《호밀밭의 파수꾼》을 펼쳤다가 바로 포기하기보다는 차라리 《해리포터》에 도전해보는 것이 낫다. 처음에는 간단한 문장, 쉬운 단어들로 이루어진 책으로 가볍게 시작하는 것이 좋다.

어휘력보다 사고의 이해가 우선

언어는 단순한 의사소통 수단만이 아니다. 언어와 사고는 직결되어 있다. 즉, 언어는 그 언어를 사용하는 사람의 사고가 표현되어 나오는 행위다. 모든 언어에는 그 언어를 사용하는 민족의 가치관이 내포되고 혼이 깃들어 있다. 따라서 외국어로 말하는 행위는 단순한 언어의 사용뿐만이 아니라, 그 언어를 사용하는 민족의 사고와 가치관을 이해하는 것이다.

사용하는 언어가 늘어난다는 것은 사용자의 시야가 그만큼 넓어지는 것을 의미한다. 여러 개의 언어를 구사하는 사람은, 그 언어 수만큼의 세계를 알게 된다는 뜻이다. 외국 서적은 가급적 번역물이 아닌 원서로 읽는 것이 좋다. 그래야 번역에 더해지는 새로운 창작적 요소에 영향받지 않고, 본래의 의미를 제대로 파악할 수 있기 때문이다.

우리말에는 당연히 한국인의 생각과 가치관이 담겨 있다. 한 많은 우리나라 사람들은 가슴이 아플 때 '뼈저린 고통'이라는 말로 극대화시키지만, 미국이나 유럽 사람이 우리말을 배우며 '뼈저린 고통'의 의미를 온전히 이해하기란 힘들다. 그들에게 아무리 열심히 설명해도 그것은 'Heartbroken'일 뿐이다.

주 세르비아 대사로 임명되었을 때 베오그라드에 부임한 첫날부터 세르비아어를 배웠다. 대학 시절 진땀을 흘리며 배운 라틴어는 격이 6개로, 그 격에 따라 단어가 변하기 때문에 머리에 쥐가 날 지경이었다. 그런데 세르비아어는 한술 더 떠 격이 7개에 어떤 단어는 자음만 5, 6개로 이루어진 것도 있으며 러시아어와 비슷하고 발음이 매우 까다롭다.

한 번의 연설을 위해, 영어 연설문을 세르비아어로 바꾸고 그것을 수십, 수백 번도 더 되풀이해 연습했다. 그때마다 세르비아인 비서를 맞은편에 앉혀놓고 정확한 발음은 물론 그들이 쓰는 단어의 의미를 제대로 파악하며 말하려고 노력했다. 언어는 소리로만 전달되는 것이 아니라, 거기에 더해지는 어감과 표정의 '느낌'으로 더 섬세해진다.

거듭 말하지만, 어휘력은 그 언어를 계속 사용하다 보면 자연스레 늘게 된다. 외국어를 제대로 잘하기 위해서는 무조건 어휘력만 늘리려 하지 말고, 그 어휘가 내포하고 있는 정확한 의미 즉, 그 언어를 사용하는 민족의 사고와 가치관을 이해하는 데 중점을 두어야 한다. 모든 어휘의 의미를 정확히 이해할 때 적재적소에 사용할 수 있고, 나아가 수준 높은 외국어 구사가 가능해지는 것이다.

쓰기 실력으로
능력을 업그레이드하라

최근 카이스트와 서울대학교 등이 '입학사정관제'를 확대하겠다는 발표를 하자마자, 강남에는 입학사정관제에 필요한 자기소개서 작성을 도와준다는 학원들이 수십 곳이나 문을 열었다. 놀랍게도 그 비용이 몇백만 원을 넘는다고 한다. 대학에 가야 할 학생 당사자는 주요 과목을 공부해서 내신성적 올리고, 입학사정관에게 보여줄 자기소개서는 학원이 써준다는 이야기다.

"나중에 사회생활을 할 때 기획안이나 보고서는 어떻게 쓸까?" 하고 한탄했더니, 친구가 "그런 것도 대필해주는 업체가 있다"고 말한다. 인터넷에 들어가 확인해보니 정말 사실이었다.

이런 사람의 인생은 '대리 인생'인가?

미국이나 유럽의 학생들은 어려서부터 책을 읽고 토론하는 것이 생활화돼 있다. 그들은 학교에서 끊임없이 에세이를 쓴다. 주변의 사소한 일상부터 사회적 이슈, 철학적인 문제에 이르기까지. '쓰기' 위해서는 무엇보다 많이 읽어야 하고, 끊임없이 생각해야 한다. 생각의 힘은 결국 읽기로부터 나오는 것이다.

미국이나 유럽에서 좋은 대학에 진학하기 위해서는 고등학교 시절의 우수한 성적 못지않게 '자기소개서'가 중요한 역할을 한다. 어떤 경우는 자기소개서만으로도 '가능성 있는 사람'이라고 인정받아 장학금까지 받으며 대학에 가기도 한다. 유엔 같은 국제기구나 유명 대기업에서 인턴사원을 하기 위해 가장 공을 들여야 하는 부분도 바로 자기소개서를 작성하는 일이다. 뛰어난 학생들은 완벽한 한 편의 에세이처럼 자기소개서를 쓴다.

그렇기 때문에 쓰기 능력이 뒷받침되지 않은 사람은 일단 외국에서 일자리를 얻기는커녕 학교에 다니는 것도 힘들다.

교육인적자원부가 몇 해 전 발표한 통계 자료에 의하면, 해외유학을 떠났다가 중간에 포기하고 돌아오는 유학생 수가 2002년 이후 계속 증가하고 있다고 한다. 그 원인은 '유학 생활 적응 실패'에 따른 것으로 분석하고 있다.

우리 언론에는 가끔 얼마나 많은 학생들이 하버드 대학을 포함한 명문 외국대학에 입학했는지 보도되곤 한다. 그러나 그들의 절반에 가까운 수가 졸업하지 못하고 중도하차한다는 사실은 잘 알려져 있지 않다. 왜 이런 일이 생기는 걸까? 한국에서 수재였던 학생들이 외국에 가서 갑자기 공부를 하지 않을 이유가 없는데…….

외국의 학교에서는 매주 리포트를 써서 제출해야 한다. 주제에 맞는 책을 선정해 읽은 후 요점과 자기 의견을 담은 리포트를 작성한다. 학교 선생님이 모든 내용을 정리해주고 심지어 요약까지 해준 것을 외우기만 했던 우리나라 공부 방식과는 너무나 다른 것이다. 결국 그 공부 방법의 차이를 따라가지 못하는 사람은, 안타깝게도 중도하차할 수밖에 없다.

'쓰기'는 학교에 다닐 때 리포트 작성에만 필요한 것이라고 생각하면 오산이다. 우리는 살아 있는 내내 '쓰기'를 해야 한다. 학자는 논문을 쓰고, 변호사는 변론서를 쓰고, 직장에 들어가면 기획안과 보고서 쓰는 일의 연속이다.

나 역시 외교관으로 일하면서 '보고서'를 쓰는 일에 엄청난 노력과 시간을 할애했다. 외교관의 하루 업무 중 절반은 보고서를 쓰는 일이다. 하루에 보통 네댓 건의 보고서를 서울 본부(외교통상부를 지칭)와 다른 해당 공관에 보내곤 한다. 외교관들은 근무 장소가 서로 엇갈리면 몇 년 동안(어떤 경우는 재직 기간 내내) 얼굴 한 번 보지 못하지만 보고서를 통해 서로를 알게 되고 상대를 평가하게 된다.

내 경우 독일의 대학에서 10년간 공부하며 수없이 썼던 리포트와 논문 덕분에 나만의 방식이 담긴 보고서를 작성할 수 있었다.

나는 보고서를 '미니 논문'처럼 썼다. 보고서의 앞부분에 주요 핵심 내용을 요약하고, 중간에 상세 내용을 쓴 후, 마지막에 그 사안에 대한 의견이나 건의사항을 첨부하는 식이었다.

보고서는 가급적 간단명료해야 한다. 중요한 사항을 빠트리지 않되 장황하게 내용을 중복해서는 안 된다.

독일에서는 좋은 논문을 평가할 때 '손과 발이 들어 있다'고 한다. 머리와 몸통에 해당하는 핵심 내용만 있는 것이 아니라, 그것을 수행할 손과 발도 들어 있다는 말이다. 그런 점에서 내 보고서는 좋은 평가를 받았다. 주 독일 대사관 정무참사관일 때 썼던 '북한 관련 보고서'로 1996년 '외교통상부 최우수 보고서상'을 받기도 했다.

나중에 안 이야기지만 내가 작성한 보고서들은 당시 외무고시를 합격하고 외교안보연구원에서 연수를 받는 신참 외교관들에게 샘플로 사용되었다고 한다.

잘 쓰기 위해서는 '자기 생각'이 있어야 한다. 그리고 생각을 하기 위해서는 많은 것을 읽으며 자기 생각으로 체계화시켜야 한다. 일찌감치 글쓰기 능력을 길러두지 않으면, 사회생활 내내 엄청난 스트레스가 될 수도 있다.

❝

조금만 눈을 돌리면 새로운 가능성과
기회가 있는 곳을
얼마든지 찾을 수 있다.

이미 일류인 곳에 들어가 일류가 되려 하지 말고
내가 속한 곳을 일류로 만든다는 마음으로 일한다면,
자신의 미래도 달라지고
우리 사회와 국가의 미래도 달라질 것이다.

❞

주 세르비아·몬테네그로 대사 시절,
국경일 리셉션에서.

Part 3

Challenge

적극적인 사람이
인생의 지도를
바꾼다

쾰른 대학 시절, 독일 친구 베아테Beate와 함께.

"

20대에는 어떤 것을 경험해도 모두 약이 된다.
좋은 경험은 인생을 풍요롭게 할 것이고,
설령 좌절하거나 고통스러웠던 경험이라고 할지라도
그것은 모두 자신을 발전시키는 디딤돌이 된다.
20대에 많은 경험을 하는 사람은
그만큼 많은 재산을 쌓아두는 것과 같다.

"

없는 기회를 탓하지 말고
기회 있는 곳을 찾아라

나는 가끔 스스로에게 질문을 던져보곤 한다.

'한국에서였다면 김영희의 성공이 가능했을까?'

고등학교 졸업에 이름도 없는 야간대학 1년 재학, 구청 말단 직원…… 그렇게 출발한 내가 명문대학에서 박사학위를 받고, 외교관이 되는 게 과연 가능한 일이었을까?

쾰른 대학에서 교육학 석사학위와 철학 박사학위를 받은 뒤, 1986년 초 한국의 대학에 강의 자리를 알아보려고 일시 귀국한 적이 있었다.

사실 큰 기대는 하지 않았다. 그때도 한국에서 대학 강의를 맡기가 얼마나 어려운지는 소문을 들어 익히 알고 있었다. 게다가 나는 국내에 가족 외에는 이렇다 할 연고도 없었다. 그래도 내가 가진 지식과 경험을 꼭 조국을 위해 쓰겠다는, 나만의 신념이 있었다.

이곳저곳 어렵사리 수소문을 해, 사립대학 한 곳과 국립대학 한 곳에서 교수 면접을 보게 되었다.

그때 만났던 사립대학 총장과의 대화는 지금도 잊혀지지 않는다. 내 이력서를 살펴보던 그 총장은 뜻밖이라는 말투로 내게 물었다.

"야간대학에 다니신 적이 있습니까?"

"네, 독일에 가기 전에 국제대 야간대학을 1년 다녔습니다."

주위 사람들은 경력사항에 야간대학에 다닌 사실을 적지 말라고 했다. 그러나 내 생각은 달랐다. 그것 역시 나의 이력 중 한 부분이다. 굳이 빼야 할 이유는 없었다. 총장은 이력서의 그 부분을 본 것이었다.

그는 어이없다는 투로 말했다.

"야간대학 다닌 사람이 대학 교수 한다면, 사람들이 웃습니다! 이건 경력사항에서 빼세요."

그 순간 나는 엄청 실망하고 말았다. 다른 사람은 몰라도, 최고의 지성인이라 할 수 있는 대학 총장 입에서 그런 말이 나오다니……. 설령 다른 사람들이 그런 말을 하더라도, 그것은 잘못된 인식이라고 바로잡아주어야 할 사람이 아닌가?

야간대학에 다녔다는 사실이 창피한 일인가? 아니, 오히려 자랑스럽게 여겨야 할 부분이 아닐까? 직장에 다니며 학업을 병행했다는 점은 적극적인 사람으로 인정받아야 할 일이지, 그게 왜 삭제해야 할 부끄러운 과거란 말인가?

차마 그 앞에서 조목조목 따져가며 묻지는 못했지만, 가슴속에는 수십, 수백 가지 하고 싶은 이야기들이 넘쳐흘렀다.

국립대학에서도 강의 자리를 구하는 데 실패했다. 서류가 통과되고 인터뷰까지 마쳤지만 최종 결정에 대한 연락은 오지 않았다. 그쪽 대학과 나를 동시에 알고 있던 누군가가 은근히 눈치를 주기 전까지는 무엇이 문제였는지 몰랐다.

그는 조심스럽게 말했다.

"누구는 1년치 연봉을 학교에 기부하고 교수직에 임용됐다고 하더라?"

그 이야기를 듣고 나자 어지럽던 마음이 확실하게 정리되었다.

'돈 내고 교수 자리를 얻을 수는 없어. 그런 교수라면 하지 않을 거야!'

당시만 해도 외국에서 공부를 하고 박사학위를 받은 사람이 지금처럼 많지 않았던 시절이었던 만큼, 나의 지식과 경험이 우리나라 대학이나 사회에 분명 도움이 될 것이라는 순수한 기대를 하고 있었다.

그러나 이상과 현실은 너무 달랐다. 나는 대학에 자리 구하는 일을 단념하고 독일로 돌아갔다.

독일의 대학에는 박사학위 취득 후 다시 수년간 연구과정을 거친 사람에게 교수 자격을 부여하는 특별한 제도(Habilitation)가 있다. 박사학위를 마친 후 교수가 아닌 강사부터 시작하면서 교수 자격을 준비하는 것이다.

나는 대학 은사이신 헤버르트 쉬람Herbert Schramm 교수의 추천

덕분에 쾰른 대학에 강사 자리를 얻을 수 있었다. 그리고 4년간 강단에 서면서 많은 학문적인 경험도 쌓을 수 있었고, 나아가 외무부에 특채가 되는 기회를 얻은 것이다. 기회가 주어지지 않는 한국 대학에 미련을 버리고 독일로 간 것이 내게는 전화위복이 된 셈이다.

그때 만약 내게 기회를 준 곳이 독일이 아니라 미국이었다면, 미련 없이 미국으로 날아가 또 다시 새로운 도전을 했을 것이다.

내가 아는 한 젊은 친구는 일찌감치 한국에서의 취업을 포기하고, 기회를 찾아 외국으로 떠났다.

'최고의 영업사원'이 꿈이었던 그는 지방대학 출신의 평범한 젊은 이였다. 그런데 대학을 졸업하고 원하는 직장에 취업되지 않자, 과감히 일본행을 결심했다. 한국에서 오지 않는 기회를 잡으려 애쓰느니, 일본에 가서 바닥부터 차근차근 배우겠다고 했다. 마케팅에 관한 한 일본에서 뭔가 배울 것이 있을 거라는 생각에서였다.

1년 동안 죽어라 고생하며 아르바이트로 어학원 등록금과 생활비를 벌었다. 그리고 이듬해에는 일본의 한 유통회사 영업부에 취직할 수 있었다. 그 회사에서 몇 년 동안 그가 한 일은 일본 각지의 대형 마트를 돌아다니며 영업 관리를 하는 일이었다. 그의 표현을 빌리면, '눈 뜬 시간에 사람을 만나지 않으면 나머지 시간은 신칸센 안에서 이동 중이었다'고 할 정도로 분주하게 돌아다니며 일을 했다.

그렇게 현장에서 터득한 영업력과 인맥을 바탕으로, 5년 후 조그만 사업체를 꾸렸다. 그리고 3년이 지난 지금, 일본의 레저용품을 한국에 수입 판매하는 그의 회사는 꽤 탄탄한 업체로 자리를 잡았다.

대학 졸업 후 국내에서 이 회사 저 회사 기웃거리고 있었다면, 그에게 오늘은 없었을 것이다.

나는 20대들이 이름 높은 대기업, 안정적인 공무원직에 목을 매며 젊은 날을 낭비하지 말았으면 한다. 조금만 눈을 돌리면 새로운 가능성과 기회가 있는 곳을 얼마든지 찾을 수 있다. 이미 일류인 곳에 들어가 일류가 되려 하지 말고 내가 속한 곳을 일류로 만든다는 마음으로 일한다면, 자신의 미래도 달라지고 우리 사회와 국가의 미래도 달라질 것이다.

글로벌 시대인 지금, 젊은이들의 활동무대는 '세계'가 아니던가?

성실은 능력을
200배 빛나게 한다

어느 조직에서나 돋보이는 사람이 있다. 나와 함께 일을 한 사람 중에도 그런 사람이 있었다. 이 사람에게 한 가지 일을 시키면 그것에 대한 답은 물론 그 일의 추진과정에서 발생할 수 있는 문제와 장·단점까지 일목요연하게 정리를 해온다. 이런 사람에게 일을 맡기면 윗사람 입장에서는 걱정이 없다. 이런 사람은 모든 부서에서 데려가려고 난리다.

사회생활을 할 때 사람들의 자세를 몇 가지 등급으로 나눌 수 있다.

D급은 '시키니까 할 수 없이 한다'는 태도를 지닌 사람이다. 심하게 말하면 거의 일을 하지 않는 사람이다. 옆에서 보면 저 사람은 왜 직장에 나오나 싶기도 하다.

C급은 '시키면 한다'는 주의다. 윗사람이 지시하는 일은 꼬박꼬박 한다. 그런데 딱 거기까지일 뿐 그 이상은 없다. 일을 시킨 사람 입

장에서 보면 답답해 보일 때도 있다.

안타깝게도 대부분의 사람이 C급에 속한다. 그저 시키는 일이나 하면서 별 탈 없이 직장 생활하는 것을 목표로 삼는 사람. 하지만 이런 사람은 절대 성공하지는 못한다.

B급은 그보다는 약간 나은 사람이다. 시키는 일을 조금 더 잘해보려고 노력한다. 노력 여하에 따라 간혹 새로운 성공을 거둘 수도 있다. 조직에서 '그래도 일 잘하는 사람' 그룹에 끼는 경우다.

마지막으로 A급. 여기에 속하는 사람은 '자신이 할 일을 스스로 찾아서 하는 사람'이다. 누가 시키지 않아도 일하는 사람, 예측 가능한 변수에 대한 대책까지 세울 수 있는 사람……. 바로 'Plus More'를 생각하는 존재다. 이런 사람들은 늘 능력 그 이상을 보여준다.

나는 외교관 생활을 하면서 내가 가진 능력의 100% 이상으로 일하려고 노력했다. 신세대들은 이런 방식에 동의하지 않을지도 모르겠지만, 내가 쓰는 하루 24시간은 철저히 업무 위주로 맞춰져 있었다.

출근도 정해진 시간보다 일찍 하고 주말에도 사무실에 나가 일했다. 내가 유별나서가 아니라 업무를 원활하게 처리하려면 그렇게 하는 것이 최선의 방법이었기 때문이다.

1999년 2월부터 2000년 8월까지 외교통상부 본부에서 근무했을 때, 정보상황실장과 장관보좌관 직책을 맡았다. 정보상황실장은 전날 밤 전 세계에서 오는 전문을 취합한 후 가장 중요한 외교 사항을 정리해 대통령이 읽는 보고서로 작성하는 일을 한다. 오전 8시까지

청와대로 보고서가 전달되기 위해서는 새벽에 일을 시작해야 시간을 맞출 수 있다. 그때 출근 시간은 새벽 4시였다.

남들보다 이른 출근이 억울하지 않냐고? 천만의 말씀이다. 혹시 아무도 없는 도서관 열람실에 1등으로 들어가본 적이 있는지? 그 큰 도서관이 마치 내 것이 된 것 같은 뿌듯함과 책 속의 모든 것을 머릿속에 통째로 넣어버릴 수 있을 것 같은 가벼운 흥분을 느낄 때와 흡사한 기분이다.

아직 어두운 사무실의 전등 스위치를 내 손으로 켜며, 어떤 일도 다 해치울 수 있을 것 같은 상쾌함을 느끼곤 했다. 주 독일 대사관에서 1등서기관, 참사관, 공사참사관을 거쳐 공사가 될 때까지 토요일 출근은 나의 트레이드 마크였다.

해외에 있는 우리나라 공관은 현지 사정에 따라 주말에는 공식적으로 휴무지만, 외교 업무의 특성상 항상 가동되고 있는 본부에서 주말에도 계속 보내오는 전문을 체크해야 한다.

1990년대만 해도 우리나라는 주5일제 근무를 시행하기 전이었다. 대사관에는 주말에도 일을 하는 서울 본부로부터 수없이 많은 공문이 날아들었다. 토요일과 일요일에 걸쳐 쌓이는 공문은 만만치 않은 일거리였다. 당시 정무를 담당하고 있던 나는 토요일에 출근해 전문을 읽어보고, 본부의 지시사항 중 대사의 결재까지는 필요 없다고 판단되는 경우에는 바로 외신관을 시켜 타자를 치게 하고, 그 즉시 본부로 답을 보냈다. 그리고 대사에게는 서울에서 온 전문과 내가 보낸 답신을 함께 전달했다. 서울 본부에서는 주 독일 대사관의 공문 처리가 가장 빠르다며 몹시 좋아했다.

주말 몇 시간의 근무는 그 다음 주 하루를 버는 효과가 있다. 나는 월요일에도 아침 일찍 출근해 본부에서 온 모든 전문을 읽고, 주말과 월요일에 온 전문 중 처리해야 할 내용을 대사의 지시가 있기 전에 미리 파악했다.

월요일 직원회의가 시작되기 전, 비서에게 만나야 할 사람과 약속을 잡는 일부터 자료 조사에 이르기까지 필요한 사항을 모두 지시해놓는다. 비서는 지시에 따라 내가 회의에 참석하는 두 시간 동안 약속을 정하고 자료도 모두 찾아놓는다. 그러면 나는 월요일 오후 본부에 답을 보낼 수 있었다.

보통 전문에는 '주재국과 협의해 결과를 보고하라'는 내용이 많기 때문에, 필요한 업무 상대를 만나는 일에도 속도가 필요하다. 만약 내가 토요일에 본부의 전문을 파악해놓지 않는다면 월요일 하루는 온통 그 전문 처리에 매달려야 하고, 화요일이나 돼야 서울로 전문을 보낼 수 있게 된다. 게다가 시차 때문에 서울 본부에서는 수요일에야 공관의 전문을 받을 수 있게 되는 것이다.

나는 시키는 일은 완벽하게 처리하려 애썼고, 시키지 않은 일은 찾아서 했다. 윗사람의 인정을 받기 위해서가 아니라, 일에 대한 나의 열정과 만족감 때문이었다. 일을 하면서 다른 사람이 아무리 칭찬을 해도 결과에 내 스스로 만족하지 않으면 불만스러웠다. 성실하기 위해서는 스스로에게 누구보다 엄격한 잣대가 필요한 것이다.

섬세한 여성성에
남성의 속도감을 더하라

1991년 내가 처음 외무부 서기관으로 근무를 시작했을 때만 해도 여성 외교관은 흔하지 않은 존재였다. 당시 외무부의 최고참 여성 외교관이자 유일한 여성 서기관이 휴직계를 내고 미국 로스쿨로 유학을 가는 바람에 내가 외무부 유일의 여성 서기관이 된 것이다.

외교관뿐 아니라 기업의 해외 분야에서 일하는 여성도 그다지 많지 않았던 때다.

사무실에서 다른 정부 부처나 외부에서 걸려온 전화를 받으면 웃지 못할 실랑이가 벌어지곤 했다. 수화기 저편에서 '독일 담당관'을 찾는 사람들은 내게 빨리 전화를 바꾸지 않는다고 성화를 했다.

"아가씨, 독일 담당관 바꿔 달랬잖아!"

"제가 독일 담당관인데요?"

그러면 저쪽에서는 이 상황이 이해가 되질 않는 것인지, 불만인지 모를 말투로 되묻곤 했다.

"아니, 여자 담당관도 있나?"

"네, 제가 독일 담당관 김영희 서기관입니다."

홍일점 여성 서기관에 대한 사람들의 시선은 호기심과 반신반의, 심지어 거부감까지 뒤섞인 복잡한 것이었다. 여성이기 때문에 배려하거나 우선하는 경우는 없었다. 물론 나 자신이 그런 배려를 바란 적이 없다. 나는 다른 사람들과 똑같이, 오히려 어떤 면에서는 몇 배 더 열심히 일하는 것으로 '여성 서기관'의 몫을 충분히 해내려 노력했다.

21세기에 접어든 지금은 그때와는 비교가 안 되는 남녀평등 사회, 그리고 능력 위주의 사회다. 외무고시 여성 합격자 비율이 50% 이상을 차지하고, 사법연수원이나 사관학교를 당당히 수석 졸업하는 등 뛰어난 여성들이 배출되고 있다. 급기야 임용고시 등 특정 영역에서는 남성들이 손해를 보고 있다며 '군복무 가산제'를 부활시켜야 한다는 주장까지 제기될 정도로 시대가 변했다.

하지만 여성들이 진정 '능력으로 평가받고 있는가?'에 대해서는 의문이다. 잘나가는 전문직 여성들도 여전히 조직 내 인맥이나 정보에서 제외되는 환경을 하소연하곤 한다. 상부 조직으로 갈수록 그 같은 현상은 심해지고, 똑똑하고 의욕 넘치는 여성들도 결국 '유리 천장' 앞에서 쓰라린 좌절을 맛보게 된다. 대한민국 정부가 수립된 이래 여성 대사가 단 세 명이라는 사실만으로도, 우리나라가 여성의 사회적 성취에 100% 공평하다는 생각은 갖기 힘들다. 뛰어난 실력과 넘치는 의욕을 가진 여성들에게 더 많은 기회가 주어져야 한다.

그런 점에서 나는 실력과 의욕을 갖춘 젊은 여성들이 더 적극적으로 국제사회에 도전했으면 하는 생각을 한다.

서양에서는 '여성'이라는 이유로 정보나 기회로부터 소외되지 않는다. 그들이 중시하는 판단 기준은 성별이 아니라 바로 '능력'이다. 실력과 적극성을 갖춘 사람이라면 충분히 인정받을 수 있다고 생각한다.

나는 외교관으로서 서양사회에서 일하며, 여성이어서 유리했던 경우를 더 많이 경험했다.

그들에게 어필했던 첫 번째 무기는 '실력'이었다. 나는 서양 외교관들과의 토론에서 내용 면에서나 언어구사 능력에서 전혀 뒤지지 않았고, 그들은 나를 '자신들과 같은 수준의 대화가 통하는 외교관'으로 인정했다. 서양인들에게 인정받기까지는 쉽지 않았지만, 그들은 일단 인정하면 마음의 문을 열고 오랜 기간 우정을 지속한다.

두 번째 무기는 '열정'이다. 나는 우리나라 여성들이 다른 어느 나라 여성들보다 일에 있어 적극적이라고 생각한다. 여성이라는 이유로 경험했던 불평등이나 기회의 박탈이 오히려 우리 여성들을 강하게 만든 것은 아닐까, 하는 생각을 해볼 때도 있다. 한국에서 부당한 대우를 견디면서도 '살아남기 위해' 열성적으로 일했던, 딱 그만큼 국제무대에서 일한다면 그는 100% 인정받는 사람이 될 수밖에 없다.

세 번째 무기는 여성 특유의 친근감과 상냥함이다. 이는 단지 여성성만을 강조하는 '애교'와는 완전히 구분되는 것이다. 상냥한 말투, 표정, 태도로 상대방과의 심적 거리를 좁히고 내 편으로 만들라는 주문이다.

나는 키 160cm의 작은 체구를 지녔다. 키가 큰 서양 외교관들과 이야기를 나누려면 하이힐로도 모자라, 목을 길게 빼고 그들을 올려다봐야 했다. 그러나 그 순간에도 '웃는 얼굴'만은 잊지 않았다. 누구를 만나든 미소 띤 얼굴로 즐겁게 이야기했다. 상냥한 미소와 말씨 앞에서 끝내 입을 다무는 사람은 어디에도 없다. 무뚝뚝한 독일 남자들도 상냥하게 웃는 얼굴로 이것저것 묻는 내 앞에서는 "그건 말이죠……" 하고 입을 열었다.

국제사회를 무대로 뛰는 여성이라면 섬세한 여성성과 속도감 있는 남성성을 겸비하는 것이 이상적이다. 여성 특유의 꼼꼼함이나 세심함은 기획이나 관리 등의 업무에서 탁월한 장점이 된다. 그러나 여성 특유의 세심함이 지나쳐 매번 앞뒤를 살피고 하나하나 따져가는 확인 과정이 늘어지다 보면, 결과물을 내놓기까지 시간이 많이 걸리는 경우가 있다.

이때 필요한 것이 남성의 추진력이다. 빠른 판단력, 정해진 방향을 향해 저돌적으로 밀고 나가는 힘……. 이런 성향은 애당초 여성보다 남성에 가까운 것이기 때문에 자신이 그렇지 못하다고 해서 실망할 필요는 없다. 이런 점들은 일을 해나가는 과정에서 얼마든지 터득하고 배울 수 있다.

내 경험을 빌려 조언한다면, 일을 하는 데 있어 빠른 판단력과 추진력을 갖추기 위해서는 평상시 업무를 너무 복잡하고 어렵게 생각하지 않는 훈련이 필요하다. 또 주변에 이런 각별한 능력을 가진 선배나 동료가 있다면 그를 '스승'으로 여기고 귀찮을 정도로 캐물으며 그의 노하우를 내 것으로 만드는 것도 전략이다.

업무에 있어서는 빠르고 결단력 있는 남성성을 추구하는 게 이상적이지만, 외모에서는 여성으로서의 매력을 잃지 않았으면 한다.

간혹 자신은 능력 있는 여성이기 때문에 외모에는 신경 쓰지 않아도 된다고 생각하는 사람이 있다. 또 남성과 동등한 경쟁자로 보이기 위해서는 여성스러운 옷차림을 피해야 한다고 생각하는 경우도 있는 것 같다.

그런 후배들에게 이런 이야기를 들려주고 싶다.

"여성 중심의 직종에서 활약하는 고위직 남성의 외모가 여성처럼 보인다면 어떤 느낌을 받겠나? 마찬가지로 남성이 주도하는 영역에서 활약하는 여성이 남성처럼 보이고 행동한다면 무슨 매력이 있겠나?"

글로벌 사회에서의 워킹우먼이라면 단연 외모도 전략으로 삼아야 한다. 외국의 비즈니스우먼들을 보라. 회의 때는 깔끔하고 포멀한 정장 차림으로 참석했다가도, 이어지는 칵테일파티에는 어느새 우아한 드레스를 차려입고 나타난다. 나 역시 외교 행사에 참석할 때는 상냥하고 우아한 여성성을 나타내려고 노력했다. 바쁜 일정이지만 깔끔하고 단정한 이미지를 유지하도록 옷차림부터 액세서리까지 완벽하게 챙겼다. 단순히 멋을 내기 위해서가 아니라, 때와 장소에 맞는 옷차림을 하는 것이 그들에게는 기본 매너이기 때문이다.

업무를 처리할 때는 남성적인 추진력과 스피드, 여성 특유의 꼼꼼함으로 완성도를 높이되 차림새와 행동에 있어서는 여성의 우아함과 당당함을 반드시 챙기도록. 완벽한 실력과 추진력을 갖춘 세련된 동양 여성, 이것이 국제사회에서 어필하는 전략이다.

긍정의 힘이
문제를 해결한다

외국의 기업이나 대학에서 인재를 선발하는 기준을 보면, 몇 가지 공통점이 있다. 그들이 가능성 있는 인재의 요건으로 중시하는 것은 '열정을 가진 사람인가?', '문제해결 능력이 있는 사람인가?' 하는 점이다. 열정이 있는 사람은 누가 시키지 않아도 자신이 해야 할 일을 끝까지, 그리고 완벽하게 해내려는 의지를 가지고 있다. 그래서 나는 실력보다 강한 것이 열정이라고 생각한다.

외교관 생활 중에 잊지 못할 긴박한 순간들이 몇 차례 있었다. '코소보 독립'이 내 외교관 인생 최고의 챌린지였다면, 아프리카의 이웃나라로 오랜 앙숙이었던 '에티오피아와 에리트리아 간의 내전'은 외교관으로서 해외의 한국 교민을 보호해야 하는 임무에 대한 어려운 시험이었다.

그때 나는 주 독일 대사관 정무참사관으로 근무하고 있었다. 에티오피아와 에리트리아 간의 내전으로 위기에 처해 있는 교민 소식이 긴박하게 전해진 날은 토요일이었다. 그날은 독일 외교부가 개최하는 '다문화 행사'에 모든 공관이 초대돼, 우리 대사관 전 직원도 그 야외 행사에 참석해 있었다. 하필 시끌벅적한 행사장으로 긴박한 전문이 전해진 것이다.

당시 에리트리아에는 우리나라의 기업이 다수 진출해 있었다. 그중 모 기업의 직원 35명이 미처 철수하지 못하고 현지에 남아 있다는 전문이었다. 이제부터 과제는 그들을 현지에서 구출해낼 방법을 찾는 것이었다.

본부의 전문에는 '독일이 자국기를 현지로 보내 독일 국민들을 철수시킬 예정이니, 그 비행기에 우리 국민 35명을 태워주도록 긴급 교섭하고 결과를 보고하라'는 지시가 내려져 있었다.

나는 급하게 독일 외교부에 연락해 "독일 국적기에 우리 국민을 동승시켜달라"는 부탁을 했다. 그러나 독일 국적기는 이미 자리가 다 찬 상태였다. 이탈리아 역시 국적기를 보낸다는 사실을 알아내고 그쪽에도 부탁을 해보았지만, 이탈리아 국적기에는 이미 다른 유럽 국가의 국민을 태워주기로 약속이 되었다는 답변이었다. 실망했지만 여기서 손을 놓고 있으면 에리트리아에 남아 있는 우리 국민 35명의 안전은 어떻게 될지 알 수 없는 노릇이었다. 에리트리아에 공관이 없는 우리나라는 우방국들의 도움이 절실했다.

다시 내가 동원할 수 있는 모든 정보망을 가동해 각국의 동향을 살핀 결과, 마지막으로 네덜란드가 함대를 파견한다는 정보를 입수했다. 이제 도움을 청할 곳은 네덜란드뿐이었다. 네덜란드가 도와준다면 그들의 함대를 이용해 우리 대사관이 있는 예멘까지 호송이 가능했다. 그런데 네덜란드의 함대로부터 도움을 받는다고 해도 또 하나의 문제가 남아 있었다. 그럼, 함대가 있는 해안까지는 사람들을 어떻게 호송할 것인가?

신기한 일이었다. 이제 문제를 거의 해결할 수 있는 지점에까지 도달했다고 생각하자, 낙담하는 대신 머릿속이 '팽팽' 돌기 시작했다. 조금이라도 도움받을 가능성이 있는 기관과 각국의 대사관, 그곳의 사람들이 머릿속을 스쳐갔다. 그중 독일 외교부 고위직에 있는 한 지인이 떠올랐다. 무조건 그에게 전화를 걸어 "우리 국민들을 에리트리아 해안까지만 호송해달라"고 간절하게 부탁했다. 그리고 얼마 후, 독일 외교부의 지인으로부터 연락이 왔다. "주 에리트리아 독일 대사관 담당자와 연락됐으며, 한국인들을 해안까지 호송하는 일을 독일이 도울 것"이라는 답이었다.

모든 결정이 이루어지고 나서, 나는 시끄러운 행사장 한 귀퉁이에서 냅킨에 전문을 썼다. 서울 외교부 본부, 그리고 예멘과 네덜란드의 우리 대사관으로 보내는 긴급 전문이었다. 외신관은 그 냅킨 전문을 들고 우리 대사관으로 정신없이 내달려야 했다.

어려운 문제가 주어졌을 때 어떤 사람은 '꼭 이 문제를 해결하고 말겠다'는 의지로 문제를 풀기 시작하고, 또 어떤 사람은 '왜 나한테 이런 문제가 생긴 거야?' 하고 불만스러워하거나 '이런 문제를 어떻게 해결하느냐?'며 좌절부터 해버린다.

문제해결의 첫 번째 열쇠는 긍정의 마인드다. 내 경험상, '문제를 해결할 수 있다'는 의지가 있는 사람은 벌써 50%는 문제해결에 다가선 것이다. 이건 상투적인 신념이 아니다. 사람의 행동은 생각으로부터 엄청난 영향을 받는다. 문제를 꼭 해결할 것이라고 생각한 사람은, 자신이 가진 모든 능력을 그쪽으로 동원하게 된다. 긍정 마인드는 일종의 자기암시인 셈이다.

그 다음 중요한 것은 정보수집 능력과 그걸 토대로 상황을 판단하는 능력이다. 문제를 해결하는 단서는 어디에 있는지, 도움은 어디에서 받을 수 있을지를 빠르고 정확하게 파악해야 한다. 이런 정보수집 능력은 단기간에 생기지 않는다. 평소의 인간관계와 더불어 다방면에 관심을 갖고 자료를 수집하는 노력 등이 모두 합쳐져야 한다.

문제해결의 마지막 열쇠는 바로 끈기다. 집중력이 더해진 것이라면 더 좋다. 문제를 해결해가는 과정에는 수많은 난관이 기다리고 있다. 끝내 해결을 하느냐, 하지 못하느냐는 그 고비에서 포기하느냐, 극복하고 넘어가느냐에 따라 갈린다. 나는 고비라고 생각될 때면, 안나푸르나 정상 100m 앞에 서 있다는 상상을 하곤 했다. 지금은 춥고 지치고 눈보라가 시야를 가리지만, 그 100m 때문에 이미 온 길을 허사로 만들 수는 없는 것이다. 그런 생각을 하며 다시 힘을 내곤 했다. 끈기는 바로 그 100m를 채우는 마지막 노력이다.

글로벌 시대의 변화는 빠르고 복잡하다. 예측 불가능한 문제들이 곳곳에서 튀어나와 수시로 우리의 능력을 시험할 것이다. 항상 '모든 문제는 해결 방법이 있다'는 긍정 마인드를 잊지 않길 바란다.

가난한 텃밭에서
자라는 꿈이 더 확고하다

내가 아는 여학생 중에 집안이 그리 넉넉하지 못한 친구가 있다. 아버지의 사업 실패로 집안 형편이 어려워지는 바람에, 이미 고등학교 때부터 아르바이트로 용돈과 책값을 벌었다고 한다. 대학 3학년인 지금도 열심히 아르바이트를 해서 등록금을 보태고, 취업 준비에도 열심이다. 이 친구의 꿈은 동시통역사가 되는 것이다.

늘 씩씩하게만 봐왔던 그녀가 어느 날 자신의 고민을 하나 둘 털어놓기 시작했다.

"요즘은 어학연수가 필수인데, 저는 외국에 가본 적도 없어요."

"친구들은 취업 때문에 외모도 열심히 가꾸는데, 저는 그럴 여유가 없어요."

"다른 친구들과 저는 애당초 출발선이 달랐던 것 같아요. 가끔 부자 부모를 둔 친구들이 부러워요."

'애당초 출발선이 달랐다'는 말이 참 가슴 아팠다. 가난한 환경은 누구도 원하지 않았을 텐데……. 스물두 살은 5월의 파릇한 나뭇잎처럼 한없이 싱그러운 꿈을 꿀 나이 아닌가?

금방이라도 눈물을 뚝 떨어뜨릴 것 같은 그녀에게 나의 어릴 적 이야기를 들려주었다.

어머니는 내가 주 독일 대사관에서 정무담당으로 일하던 1996년 85세의 나이에 돌아가셨다. 다행히 특별휴가를 얻어 임종 전의 어머니와 열흘을 함께 있을 수 있었다. 20년이 넘도록 어머니와 떨어져 살다가 마지막으로 함께한 시간이었기에 내게는 지금도 소중한 추억이고, 기억이다.

어머니는 기력이 쇠잔해 말 한마디 하기 힘든 상태에서도 자꾸 내게 이야기를 하려고 하셨다. 내 손을 잡고 눈물을 글썽이며 나의 어린 시절, 나에 대한 기억을 전부 말씀하셨다. 아마 9남매 중 막내딸이었던, 그것도 어리광을 부리는 막내가 아니라 제 인생의 길을 혼자 열어내려 안간힘을 쓴 막내에 대한 안쓰러움 때문이 아니었을까 싶다.

어렸을 때 우리 집은 많은 논과 밭에 큰 농사를 짓는 넉넉한 살림을 했다. 어머니는 강인하고 헌신적인 분이셨다. 점잖고 조용한 인품의 아버지를 대신해 그 많은 일꾼들을 진두지휘하며 농사를 짓고, 우리 남매들을 뒷바라지하셨다.

어머니는 부유한 가정에서 성장했음에도, '딸자식은 많이 가르치면 안 된다'는 보수적인 생각을 가진 할아버지 때문에 교육을 제대로 받지 못하셨다. 오히려 어머니 댁에서 일하는 아주머니의 딸은 학교에 다녀서 어머니는 그 친구를 따라다니며 몰래 글을 배우셨다고 한다.

그런 '배움'에 대한 목마름 때문이었던지, 어머니는 자식들을 가르치는 데 아들, 딸 구분이나 아낌이 없으셨다. 그러다 보니 논과 밭이 모두 우리 남매들의 등록금을 위해 팔려 나가고, 내가 중학교에 진학할 즈음에는 밭만 조금 남아 있었다.

부족함은 그것을 메우려는 의지를 더 강하게 한다

전주여중 입학시험을 치를 때, 내 목표는 수석합격이었다. 1등으로 합격하면 등록금을 면제받을 수 있었기 때문이다. 우리를 위해 고생하시는 어머니의 모습을 알고 있었기에, 내게는 장학금이 정말 간절하게 필요했다. 그러나 시험 결과는 1점 차 2등이었다.

그해 전주여중 입학시험 결과 1등이 두 명이었다. 두 명 모두 전라북도 경시대회에서 1, 2등을 다투던 유명한 학생들이었다. 전주 시내에서 한참 떨어진 시골에서 4학년 1학기까지 다니고 신생 초등학교로 옮겨 졸업한 내게는 별세계 친구들 같은 존재였다.

1점 차 2등이라는 사실을 확인했을 때, 나는 광주리를 머리에 이고 논길을 걸어가는 어머니의 뒷모습이 떠올라 얼마나 울었는지 모른다.

공부 잘하는 부잣집 아이들이 모인 여자중학교 분위기는 만만치 않았다. 당시 전주여중은 전라북도 내에서 공부깨나 한다는 학생들만 들어갈 수 있는 학교였다. 우리 반에도 전주 시내 유명 초등학교에서 1, 2등을 다투며 이름을 날리던 학생이 둘이나 있었다. 그 친구들은 부잣집 딸인 데다 공부도 잘해서, 늘 친구들을 여럿 몰고 다니며 대장 노릇을 했다. 나는 혼자 진학을 했으니 어울려 다닐 친구도 없었고, 넉넉한 형편의 그 친구들처럼 과외를 받으며 경쟁할 수도 없었다. 그런데 입학 성적에 따라 '반장'은 나였다. 자신들보다 나을 것 없어 보이는 나에 대해 그들의 견제가 시작되었다.

봄 소풍을 앞둔 어느 날이었다. 두 친구 중 하나가 내게 오더니 불쑥 '도시락' 이야기를 꺼냈다.

"김영희! 네가 선생님 도시락 싸가지고 와."

"왜?"

"네가 반장이니까. 반장이면 그 정도는 해야 하는 거 아니니?"

나도 선생님의 소풍 도시락을 생각하지 않은 게 아니었다. 형편이 된다면 어머니에게 맛있는 도시락을 싸달라고 부탁드리고 싶었다. 그러나 우리 집 형편을, 어머니 사정을 뻔히 아는 내 입장에서는 차마 도시락 싸달라는 이야기를 꺼낼 수가 없었다. 나는 그 친구를 똑바로 쳐다보고 아주 당당하게 말했다.

"나는 꼭 반장이 선생님 도시락을 싸야 하는 이유를 모르겠는데?"

마음속으로는 자존심이 상해 눈물을 흘리고 있었다. 그 마음을 감추려 더 또박또박 힘주어 말했다. 다른 사람 앞에서 결코 풀죽은 모습을 보이고 싶지 않았다.

열세 살의 내게 그 일은 큰 상처를 남겼다. 가슴 한가운데 날카로운 것이 들어와서 푹 박히는 그런 느낌이었다. 그리고 생김새를 알 수 없는 그 조각은 꽤 오랫동안 내 마음속에 남아 있었다. 그것이 가끔 가슴을 쿡쿡 찌르며 통증을 느끼게 할 때도 있었다.

그러나 그 상처가 나쁜 영향만 준 것은 아니었다. 그 일로 나는 내 꿈과 도전에 대해 더 굳건한 의지를 다지게 되었다. 내 목표를 향해 나아가다 어려운 순간을 맞을 때면, 그때의 상처를 들여다보며 스스로에게 '다시 힘을 내라'고 격려했다.

어머니도 소풍날 선생님 도시락을 싸가지 못하는 딸의 뒷모습을 보며 '미안하다'고 되뇌었을지 모른다. 그러나 나는 자식들의 등록금을 마련하려 한여름 뙤약볕에서 허리 한 번 펴지도 못하고 일을 하는 어머니를 통해 강인함을 배웠다. 내가 가지고 있지 못한 것을 한탄하며 제자리에 있으면 영원히 그것을 채울 수 없다는 것도 알게 됐다.

그래서 그 부족한 부분을 메우려는 더 강한 의지, 그것을 실현시키려는 욕구를 가지게 되었다고 믿는다. 가난은 내게 콤플렉스가 아니라 나를 강하게 만드는 촉매제가 된 것이다.

넉넉하게 가진 사람은 더 크고 어려운 것을 향해 도전해야 할 필요성을 그렇게 절박하게 느끼지 않는다. 그러나 부족한 사람에겐 그걸 채우고자 하는 본능적인 의지가 있다. 문제는 행동으로 옮기는 것이다.

일류대학 출신이 아니어서, 외모가 남보다 못해서, 부자 부모를 두지 못해서 등의 핑계를 대며 자신이 뒤떨어질 수밖에 없는 철없는 이유를 만들지 말자. 그 부족한 부분을 채워줄 더 큰 무엇인가를 찾아 도전하고, 더 강한 사람으로 성장해가는 것은 자기의 집념과 노력 여하에 달려 있다.

젊은 날의 고생은
인생의 특별 수업이다

얼마 전 언론사에서 일하는 지인을 통해 뜻밖의 이야기를 들었다. 국내 유명 언론사에서 지난해 선발한 수습기자 중 여러 명이 정기자 발령도 받기 전에 직장을 그만두었다는 것이었다. 그렇지 않아도 취업난이 심각한 요즘 같은 때, 더구나 언론사라는 곳이 대충 쌓은 실력으로 들어갈 수 있는 곳도 아니고 분명 치열한 경쟁률을 뚫고 들어간 직장일 텐데 왜 그만두었을까, 하고 궁금해졌다. 그런데 그 이유에 대한 답이 뜻밖이었다.

요즘 젊은 친구들이 힘든 걸 참지 못한다는 것이다. 수습기자 때는 밤마다 경찰서를 몇 곳씩 돌고 선배들의 기자 훈련도 강도 높은 데다, 개인 시간도 거의 없어서 그런 스트레스를 못 견뎌 한다는 이야기였다. 게다가 정치부나 사회부 같은 주요 부서는 더욱 인기가 없어 기피한다고 했다. 업무량과 스트레스가 많고 시간적 여유가 없기 때문에, 상대적으로 심적 부담이 적은 문화부나 연예부를 선호한다는 것이다.

그 이야기를 들으며 머릿속에 여러 가지 생각이 스쳤다. 우리 젊은이들이 너무 나약한 거 아닌가? 기자가 될 정도의 엘리트들이 정치나 사회를 외면하면, 누가 우리 사회의 주요 부분을 들여다봐주지? 나아가 그렇게 좋은 인생의 수업 시간을 왜 빼먹으려고 하는 거지?

"고생이 무슨 좋은 공부냐?"고 반문하는 친구들도 있을지 모른다. 하지만 그건 인생을 더 멀리 바라보지 못하기 때문에 하는 소리다. 사람이 살아가는 데 항상 햇빛 좋은 봄날만 이어지지는 않는다. 긴 길을 걷다 보면 난데없는 소나기가 쏟아지기도 하고, 들판 한가운데에서 폭풍우를 만나기도 한다. 우리 인생은 따뜻한 봄날보다 사정없이 휘몰아치는 폭풍우 속을 걷는 날이 더 많을지도 모른다.

어려움이나 고생을 경험해본 사람은 그 폭풍우를 견뎌 내는 힘을 가진다. 어려운 경험을 통해 얻은 지혜와 힘이 있기 때문이다.

내 인생에 있어 가장 힘겨웠던 시기는 중학교에서 고등학교까지의 10대 시절이었다. 누구보다 공부에 대한 욕심이 컸고 큰 꿈을 꾸었지만, 어려운 가정 형편은 그 꿈을 뒷받침해줄 수 없었다. 고등학교 때는 대학 진학에 대한 희망을 접으려고 일부러 공부를 덜한 적도 있었다. 점수가 잘 나오면 그만큼 대학 진학에 대한 미련을 버리기 힘드니까, 그걸 아예 포기해보려는 생각에서였다.

그 다음 정신적으로 힘들었던 시기는 독일에 가기 위해 간호보조원 교육을 받던 때였다.

이때 나는 '인생의 바닥'이 어떤 것인지를 경험했다. 함께 일하는 동료인 간호보조원들을 무시하고 함부로 대하는 간호사들을 보며, '사람이 높다는 것과 낮다는 것은 어떤 의미일까?', '같은 사람인데도 사는 방식이 참 다를 수 있구나', '간호보조원도 이런 무시를 당하는데, 나보다도 못한 사람은 어떤 대접을 받을까?', 그런 고민을 했다. 그러면서 주변의 가진 것 없고 힘없는 사람들을 돌아보며 인간에 대해 깊게 생각해보게 되었다.

독일 병원에서 간호보조원으로 일하던 시기에는 육체적으로는 힘들었지만 인간에 대해 또 다른 공부를 하게 된 기회였다. 어쩌면 내가 나중에 대학에서 공부한 것보다 이때의 공부가 더 값졌을지도 모르겠다.

병원에서는 고위직에 있는 높은 사람부터 시골에서 농사를 짓는 농부까지, 다양한 사람들을 보게 된다. 그가 높은 지위에 있는 사람이건, 보잘것없는 농부이건 병원에서는 똑같은 환자복을 입고 똑같은 침대에 누운 환자일 뿐이다. 그런데 이 두 사람에게서도 차이가 드러난다. 똑같은 치료를 받고서도 농부는 자신을 치료해준 것에 감사해하는 반면, 높은 자리에 있다는 그 환자는 이것저것 불평을 늘어놓으며 간호보조원을 함부로 대한다. 이 경우 어떤 사람이 더 인격적인 것일까? 많이 배우고 좋은 직업을 가진 것과 인격은 확실히 별개다.

아무리 높은 직책의 중요한 인물이라고 해도, 감사할 줄 모르고 사람을 함부로 대하는 사람에게는 진심이 우러나지 않았다. 그러나 병실을 들어설 때마다 감사의 눈길로 맞이하는 농부에게는 붕대 하나라도 더 정성을 들여 감아주고 싶었다.

'사람을 사람으로 대한다는 것이 어떤 것인가?', '인격이란 무엇인가?' 등에 대한 공부. 이것은 학교에서도 배우지 못한 소중한 공부였다. 나는 그런 경험을 통해 인간에 대한 깊은 이해를 할 수 있었다.

대학에서 가르쳐주지 않는 인간 공부

인간이 얼마나 존엄한 존재인지, 우리가 가지고 있는 사랑이 얼마나 큰 것인지도 병원 생활에서 배웠다.

내가 돌보던 환자 중에 골수암에 걸려 죽어가는 사람이 있었다. 그는 고통스러운 치료를 받는 중에도 눈이 마주치면 미소를 지으려 애쓰던 사람이었다. 죽음 직전에 다다랐을 때, 그는 내 손을 잡고 가쁜 숨을 몰아쉬며 마지막 인사를 했다.

"쉬베스터 김! 내 시계가 이제 몇 분 남지 않았어. 그동안 정말 고마웠어……."

한 생명이 스러져가는 것을 지켜보는 게 너무나 가슴 아팠다. 어쩔 줄 몰라 하며 울고 있는데, 독일 간호사가 그의 체크리스트를 뜯어내며 아주 가벼운 목소리로 말하는 게 들렸다.

"아, 일이 하나 줄어들었네."

그녀에겐 죽어가는 환자도 그저 자신이 맡은 일거리 중 하나였던 것뿐일까?

하지만 한국 간호사들은 달랐다. 한국 사람들의 따뜻한 정으로, 진심에서 우러난 행동으로 환자들을 대했다. 그래서 환자들에게도 더 환영받는 존재였다. 눈빛과 피부색, 언어가 달라도 서로를 진심으로 대하면 어디에서나 그 마음이 통한다는 걸 그때 배웠다.

사람들은 외교관인 내가 "인생의 밑바닥을 안다"고 이야기하면 믿으려 들지 않는다. 하지만 나는 경험을 통해 밑바닥 삶의 실체와 그 속에서 느끼는 고통, 슬픔을 속속들이 이해하고도 남음이 있다.

사회의 최상위층이라고 하는 외교관의 삶부터, 다른 이의 몸을 씻기고 대소변을 받아내야 하는 간호보조원까지……. 그 모든 것이 내가 경험한 삶이다. 내게는 옥스퍼드대 출신의 고고한 외교관 친구도 있지만 공관의 요리사 아주머니, 정원사 아저씨, 속마음을 털어놓던 세르비아인 비서 등 모두가 나의 좋은 친구다. 사람에 대한 내 생각은 늘 한 가지였다.

'모든 인간은 똑같다' 그리고 '진심은 통한다'.

고생스러웠던 병원 생활에서 얻은 소득은 또 있었다. 나 자신도 모르는 새 글로벌화를 경험한 것이다. 사실 우리가 외국에서 일하게 되거나 외국 생활을 시작할 때, 가장 부담스러운 것이 '사람을 대하는 일'이다. 그런데 3년 동안 병원에서 다양한 사람들을 접하다 보니 외국인을 대할 때의 부담감이나 두려움이 사라져버렸고, 그들과 어떻게 관계를 맺어야 하는지도 자연스럽게 터득할 수 있게 됐다.

이런 경험은 내가 외교관으로서 다양한 사람들을 만나고 국제사회의 일원으로 당당하게 활동하는 데 큰 도움이 되었다. 어떤 나라 사람, 어떤 종류의 사람을 만나도 그들을 대하는 데 부담이나 두려움은 없었다.

또 그때 체득한 인내심, 강인함, 인간에 대한 이해와 배려가 나중에 외교관으로 일할 때 더 많은 능력을 발휘할 수 있도록 나를 성장시켰다.

'젊은 날 고생은 사서도 한다'는 말은 낡은 격언이 아니다. 시대를 앞서 산 사람들의 경험에서 우러난 진정한 조언인 것이다.

자기 인생의
독립군이 돼라

얼마 전 한 교육연구기관의 인터뷰에 응한 적이 있다. 그때 만난 연구원이 나의 다양한 이력을 보고 "어떻게 그런 선택을 했는지요? 그리고 선택할 때는 누구와 상의했나요?"라고 물었다.

나는 늘, 내가 원하는 일을 스스로 선택했다. 고등학교를 졸업하고 공무원시험에 응한 것, 간호보조원으로 독일행을 결심한 것, 그리고 나이 40이 넘어 외교관이라는 새로운 길에 도전한 것도 모두 나의 선택이었다. 부모님이나 주위 사람이 요구하거나 기대한 길이 아니었다. 내가 원하는 것을 스스로 선택했기 때문에 항상 그 선택에 즐거운 책임을 느꼈고 그것을 이루기 위해 최선을 다했다.

요즘 우리 젊은이들은 신체적으로나 외모로는 기성세대의 젊은 날과는 비교도 되지 않을 만큼 우수하다. 큰 키나 멋진 체격 조건을 보면 서양 사람과 비교해도 부럽지 않을 정도다. 그런데 그 안에 들어 있는 소프트웨어는 외모만큼 발전하지 못한 것 같다. 외형은 성숙한 어른의 것인데, 생각은 어린아이의 것이라고 해도 될는지……

부모들 역시 자식 사랑이 지나쳐 아예 그 자식의 인생 속으로 들어가버리는 듯한 느낌을 줄 때가 있다. 이러다 보니 자녀 스스로 자기 인생을 사는 것이 아니라, 부모에 의해 설계된 인생을 '살아주는' 느낌이다.

학교도 들어가기 전에 온갖 학원을 다니는 것부터 대학을 선택하고, 직장에 들어가고, 배우자를 결정하는 데도 일일이 부모가 관여한다. 그런 경우를 볼 때면 저절로 한숨이 나온다.

'이 어머니의 자녀들은 언제쯤 자신의 인생을 살아보게 될까?'

그런데 정말 심각한 문제는 그런 의존적 삶을 당연한 것으로 여기고 부모의 그늘에서 벗어나려 하지 않는 젊은이들이 많다는 사실이다. 대학을 졸업해 어엿한 직장에 다니고 수입이 있음에도, 부모로부터 경제적인 독립을 하지 않고 의지해 산다는 것은 부끄러운 일이다. 자신이 번 돈으로는 좋은 차를 타고 외국 여행을 다니며 행복한 청춘을 보내다가 결혼할 때 다시 부모에게 손을 내미는 것은 도무지 이해가 되질 않는다.

또 남자는 아파트 장만, 여자는 거기에 살림살이를 채워 넣어야 한다는 이상한 역할 분담은 누가 만들어낸 것인지, 정말 궁금하다.

서양에서는 만 18세가 되면 부모로부터 독립하는 것을 당연하게 생각한다. 이때부터 학비는 물론 생활비도 스스로 해결해야 한다. 부잣집 아이들도 일찌감치 아르바이트를 하며 자신의 용돈 정도는 스스로 벌어서 쓰는 것을 당연하게 생각한다. 성인이 되어서도 부모에게 손을 벌린다는 것은 창피한 일이다.

부모로부터의 독립을 당연하게 여기기 때문에, 서양 젊은이들은 일찍부터 독립심을 배운다. '부모가 어떻게 해주겠지', 하는 그런 헛된 기대는 아예 하지 않는다. 대신 부모들은 늙어서 자식에게 의지하려는 생각을 하지 않는다.

일찍 부모로부터 독립하는 사람은 그만큼 일찍 자기 인생을 만들어갈 수 있다.

독립심은 결혼 생활에도 필요하다. 특히 사회적으로 평등을 주장해온 여성들이 결혼 생활에서 얼마나 독립적인가는 냉정하게 생각해볼 문제다.

한국식 남녀평등에는 많은 모순이 있는 것 같다. 우리나라 젊은 여성들은 사회적으로는 남녀평등을 외치지만, 개인적 남녀관계에서는 평등의식과 거리가 있어 보인다.

젊은 남녀가 데이트를 할 때, 여성은 남성 쪽에서 비용을 부담하는 것을 당연하게 여긴다. 식사 비용은 당연히 남성 부담이고, 가끔 명품 선물도 해주어야 괜찮은 남자친구로 대접받는다. 왜 데이트를 할 때는 '여성'이고, 사회적으로는 '남녀평등'인가? 진정으로 평등하기를 원한다면 '똑같은 권리에 똑같은 의무'가 합당하다.

만약 서양 남자친구와 데이트를 하면서 이런 태도를 보이면 단번에 '이상한 사람'으로 취급받는 것을 각오해야 할 것이다. 그들은 데이트 비용도 당연히 반반씩 부담해야 하는 것으로 여긴다.

서양 사람들은 부부가 맞벌이를 하면 은행 계좌를 따로 갖는다. 집을 사거나 차를 구입하는 등 공동의 비용이 필요하면 각각의 계좌에서 출금한다. 아내가 직장에 다니지 않고 남편의 수입에 의존해 살 경우, 남편은 정해진 생활비만 아내에게 주고 아내는 거기에 맞춰 가계를 꾸린다. 용돈도 남편으로부터 타 써야 한다. 우아하게 여성을 대접하는 'Lady First'는 생활 속의 매너에서만 쓰이는 것이지, 가계 운용에서는 상관없는 이야기다. 어쩌면 서양 여성들이 일찌감치 사회에 진출하고 직장 생활을 하며 돈을 번 것은, 남편에게 생활비 타 쓰는 게 치사해서였을지도 모른다.

나 역시 결혼해서 지금까지 남편에게 생활비를 의지해본 적이 없다. 우리 부부는 결혼 이후 미국과 나의 주재국에서 따로 생활했기 때문에, 각자의 생활비를 책임지며 살아왔다. 수입 관리를 각자 하며 필요에 따라 비용을 분담해 쓰기도 한다. 두 사람 사후에는 우리가 가졌던 작은 것들이 더 유용하게 쓰이도록 할 생각이다.

남편 헤퍼난 교수와 나는 독일 유학 시절에 만났지만 결혼은 세월이 한참 흐른 뒤에야 했다. 1993년 겨울 남편의 고향인 미국 볼티모어에서 결혼식을 올리고, 다시 독일과 한국에서 모두 세 차례의 결혼식을 올렸다.

독일에서 올린 결혼식에서 우리가 만들었던 청첩장은 두고두고 화제가 되었다. 청첩장의 문구는 남편과 내가 함께 작성한 것이다.

'오랫동안 우리들은 심사숙고했습니다. 이제 우리는 우리의 길들

(unsere Wege)을 같이 가려고 합니다.'

청첩장을 받은 하객들은 처음엔 어리둥절해했다. 독일에서는 보통 청첩장에 '우리는 우리의 길(unseren Weg)을 같이 가려고 합니다'라고 쓴다. 그런데 헤퍼난과 나는 두 개의 길을 의미하는 '우리의 길들'을 가겠다고 쓴 것이다. 어떤 친구는 조심스럽게 "문법이 틀린 건 아니냐?"고 묻기도 했다.

우리가 생각한 것은 '정신적인 두 길'이었다. 결혼을 통해 두 사람이 부부가 되기는 하되 각자의 학문, 각자의 영역, 각자의 정신세계를 존중하고 상대방이 그 길을 걸어가는 것을 지원하며, 정신적으로 같이 가겠다는 의미였다. 그리고 그때의 약속대로 남편은 나의 외교관 생활을 적극 지원했고, 나는 남편의 학문 생활을 뒷받침하기 위해 노력했다. 우리는 지금도 학문적 동반자로 '각자의 길들'을 열심히 가고 있다.

부모에게, 배우자에게 의존적인 사람이 사회생활에서 독립적이며 능력 있는 사람이 된다는 건 기대하기 힘든 일이다. 초등학교 시절 친구와 싸웠을 때는 어머니가 학교에 오지만, 사회생활을 하면서 동료와 갈등을 겪을 때 부모님이나 배우자가 달려와 해결해줄 수는 없다. 확실한 하나의 인격체로 자기 인생의 독립군이 되길 바란다.

Part 4

Global Standard

글로벌 스탠더드,
외교관 경험에서
배워라

2002년 한일 월드컵 유치 활동 시(1996.5).
왼쪽부터 보좌관, 독일 연방 하원 체육위원회 위원장 넬레, 나, 홍순영 대사.

66

우리나라에서는 나쁜 얘기는 가급적 미루거나,
다른 사람이 대신해주기를 바라는 경향이 있다.
일보다 관계에 대한 고려가 앞서기 때문이다.
그러나 서양에서는 나쁜 말일수록
상대방을 직접 대하고 설명해야 한다.
그들은 정확하고 확실한 것을 최우선으로 여긴다.

99

불가능을 가능으로
바꾸는 적극성

얼마 전 신문에서 한 여대생의 글을 읽었다. 젊은이들의 고민에 관한 것이어서 유심히 보게 됐다. 전반적인 내용은 '많은 젊은이들이 인간관계에 대해 고민하고 있다. 학교에서도 교수님이나 친구들과 좋은 관계를 맺고 친해지고 싶은데 어떻게 다가가야 할지 모르겠다'는 것이었다.

아직은 순수한 관계로 이루어지는 학교에서도 이런 고민을 하는데, 하물며 서로의 이해관계가 복잡하게 얽히는 사회생활에서는 만만치 않은 일이다. 나아가 외국의 기업이나 국제사회의 일원으로 일하게 된다면, 그들과의 문화적 차이와 인간관계는 더 큰 고민이 될 것이다.

실제 우리 주변에서도 그런 예들을 쉽게 볼 수 있다. 1997~98년 금융위기 이후 기업의 국제적 합병이나 외국의 한국 기업 인수 등으로 한국 기업에도 외국인 직원들이 늘어났다. 지금은 우리 기업에서 근무하는 외국인 임원이나 직원을 찾아보는 것이 그리 특별한 일도 아니다. 어떤 기업은 회의나 프레젠테이션을 아예 영어로 진행하기도 한다. 그러다 보니 직장인들 중에는 외국인 상사와의 인간관계, 언어문제, 문화적 차이 등으로 스트레스를 받는 사람들이 적지 않다.

신문에 실린 대학생의 글을 읽으며 평소 나를 따르는 조카가 생각났다. 조카는 한국의 대학에서 법학 박사학위를 취득하고, 지난해 미국의 로스쿨로 유학을 떠났다. 영리하고 똑똑해 어려서부터 호기심도 왕성하고 하고 싶은 일도 많더니, 고모인 나를 보며 국제사회의 일원이 되는 꿈을 키웠다고 한다. 내가 롤모델이 된 셈이다.

조카는 나를 볼 때마다 조금이라도 더 이야기를 하려고 내 뒤를 졸졸 쫓아다니며 자신의 고민과 궁금증을 쏟아냈다.

"국제사회에서 일하려면 어떤 조건을 갖춰야 하나요?"

"사회생활에서 가장 중요한 건 뭐라고 생각하세요?"

"정말 인간관계에 의해 사회생활이 좌우되기도 하나요? 좋은 인간관계는 어떻게 만들죠?"

조카의 질문에 하나 둘 답을 해주다 보니, 외교관으로서 내가 경험했던 많은 부분에 그 답이 있었다. 국제사회를 무대로 각국을 상대하며 협력하고 경쟁하는 외교관의 자질과 실력을 갖췄다면, 충분히 국제사회에서 필요로 하는 인재의 조건이 되리라고 본다. 또 상대와 신뢰관계를 쌓고, 언제 어디서 터질지 모르는 각종 문제를 해결하는 외교관의 능력은 어떤 조직, 어떤 사회생활에 적용해도 훌륭하게 활용할 수 있을 것이다.

　외교관은 그 누구보다도 능동적이고 적극적인 사람이어야 한다. 국가를 대표해 국익을 추구하고 자국을 홍보하는데, 가만히 앉아서 그것이 이루어지기를 바랄 수는 없다. 나는 '적극적인 태도가 불가능을 가능으로 바꾼다'는 사실을 여러 번 경험했다. 그중 하나가 '2002년 한일 월드컵 공동유치' 지원 업무를 했을 때다.

　잘 알려진 것처럼 2002년 월드컵 유치전은 일본이 일찌감치 출사표를 던지고, 우리는 뒤늦게 경쟁에 뛰어든 상태였다. 일본의 유치전이 워낙 발빠르고 적극적이었기 때문에 국제사회의 분위기는 일본으로 많이 기울어 있었다. 당시 정몽준 대한축구협회 회장이 월드컵 유치를 위해 열성적으로 뛰고 있었지만, 아발랑제Havelange 국제축구연맹FIFA 회장 역시 일본의 단독 개최를 공식 지지한 상태였다.

　당시 독일축구협회 회장은 에기디우스 브라운Egidius Braun, 부회장은 엥겔베르트 넬레Engelbert Nelle였다. 브라운 회장은 독일뿐 아니라 유럽 축구계에 막강한 영향력을 행사하고 있는 사람이어서, 일본과 한국이 모두 그를 잡기 위해 백방으로 뛰고 있었다.

　공관의 월드컵 유치 지원 소식을 접한 후 우리 대사관에서는 독일의 축구 관련 인사들을 모두 접촉하였고, 특히 주요 인사로서 평소 친분이 있던 하원 체육위원회 위원장인 넬레 부회장을 집중적으로 만났다.

　홍순영 당시 주 독일 대사와 나는 여러 차례 넬레 부회장을 만나 우리나라의 월드컵 개최를 지지해줄 것을 요청했다. 그리고 그를 통해 FIFA 위원들의 분위기나 움직임에 관한 상세한 정보를 얻을 수 있었다.

그런 노력의 결과, 우리(정몽준 회장, 홍순영 대사, 그리고 나)는 1996년 봄에 브라운 회장을 만날 수 있었다. 그것도 그의 '사저'에서 이루어진 만남이었다. 일본 역시 브라운 회장을 만나기는 했지만 사무실에서의 오피셜 미팅이었다. 나중에 안 일이지만 브라운 회장이 축구와 관련된 외국인 인사의 사저 방문을 허락한 것은 이때가 처음이라고 한다.

브라운 회장이 한국 대표를 자신의 아헨Aachen 사저로 초대한 데는 한국인 수녀의 보이지 않는 역할이 있었다. 평소 브라운 회장이 다니는 성당에 한국인 수녀 한 분이 계셨다. 브라운 회장은 그 수녀의 따뜻한 마음과 한국에 계신 어머니에 대한 절실한 마음에 감명을 받았고, 그로 인해 한국에 관심을 가지게 되었다고 한다. 거기에 넬레 부회장의 적극적인 측면 지원까지 더해져 우리 대표단의 브라운 회장 사저 방문이 성사된 것이다.

서양에서는 다른 사람을 사적 영역인 자기 집에 초대한다는 것은 우정의 표시인데, 하물며 외국 대표단을 집에서 맞이한다는 것은 특별한 우호의 표시로 판단해도 좋을 일이었다.

브라운 회장과 넬레 부회장 덕분에 독일축구협회는 한일 공동개최 지지 쪽으로 분위기가 잡혔다. 취리히에서 FIFA의 최종 결정이 내려지기 직전 넬레 부회장은 하원 체육위원회 위원장 자격으로 직접 주 독일 일본 대사를 불러 이렇게 말했다고 한다.

"한반도 긴장 완화와 동북아 발전을 위해, 독일은 월드컵 한일 공동개최를 지지할 것이다. 만약 일본이 한일 공동개최를 받아들이지 않으면, 우리는 한국 단독 개최를 지지하겠다. 아마 유럽의 여러 국가도 우리와 같은 입장일 것이다."

쐐기를 박는 그 한마디에 일본 대사는 본국으로 긴급 전문을 보낼 수밖에 없었다. 유럽 출신 FIFA 위원이 8명인 점을 감안할 때, 일본으로서는 도리가 없었던 것이다. FIFA는 취리히에서 투표 없이 월드컵 공동개최를 결정했다.

월드컵 유치와 같은 사안은 국가적인 차원에서 총력을 기울이는 매우 중요한 이슈다. 따라서 대사관이나 외교관 개인 차원의 노력만으로는 결정되지 않는다. 그럼에도 무뚝뚝한 두 독일 남성이 결국 한국을 지지해준 것이다.

나는 지금도 그 두 사람이 우리의 진심과 적극적인 태도에 마음을 연 것이 한국을 지지하게 된 이유 중 하나라고 믿는다. 넬레 부회장이 내게 했던 말도 그랬다.

"나라를 위해 적극적으로 뛰는 홍순영 대사와 김 박사의 모습이 참 보기 좋습니다!"

다른 문화, 다른 생각에 대한
오픈 마인드

퀼른 대학에서 심리학 강의를 들을 때, 사람들의 의식구조에 대한 설문조사에 응한 적이 있다. 설문지의 질문 중에 이런 항목이 있었다.

- **질문** : 감옥에서 이제 막 출소한 마약범이 있다. 그는 당장 갈 곳이 없다. 그가 당신의 집에 와서 하룻밤 재워달라고 하면 어떻게 하겠는가?

- **답** : 1 절대 재워줄 수 없다.

  2 들어오라고 해서 차를 한 잔 주고 보낸다.

  3 우리 집에서 묵도록 허락하겠다.

나는 당연히 1번 '절대 재워줄 수 없다'에 체크했다. 마약범에 감옥 생활까지 한 위험한 사람을 집에 들인다는 것은 상상할 수도 없는 일이다. 그런데 뜻밖에도 독일 친구들은 2번이나 3번에 답을 많이 했다. 그 생각의 차이는 내게 충격을 안겨주었다.

"어떤 일이 벌어질지도 모르는데 대체 무슨 생각으로 그런 사람을 집에 들인다는 거지?"

그러나 독일 친구들의 생각은 달랐다. "마약이 그에게 어떤 영향을 미쳤는지 이야기해보고 싶다"부터 "전과자라고 해서 무조건 배척하는 것은 비인간적 처사"라는 이유까지, 다양한 의견을 가지고 있었다. 그런 문화와 가치관의 차이를 받아들이기까지는 적지 않은 시간이 필요했다.

외교관은 항상 새로운 문화를 받아들일 준비가 되어 있는 사람들이다. 언제고 새로운 곳으로 발령이 나면 곧바로 짐을 챙겨 떠나야 한다. 그리고 현지에 발을 내디디면서부터 그들의 문화와 생활방식에 적응해야 한다. 적응하지 못하면, 최소한 '그런 척' 흉내라도 내야 한다. 세계 어디를 가도 초스피드의 적응력을 자랑한다.

그렇다면 가치관이 충돌할 때는 어떻게 할 것인가? 생각의 차이를 놓고 상대방의 것을 '좋다', '나쁘다' 평가할 필요는 없다. 또 자신과 다른 가치관을 억지로 받아들이려고 노력할 필요도 없다. 역설적인 표현 같지만, 'We agree to disagree'라는 말처럼 서로의 다른 가치관을 인정하는 정도면 충분하다.

그런데 우리나라 사람들은 상대가 자신과 다른 생각을 가지고 있다는 것을 못 견뎌 하는 것 같다. 타인의 다른 의견에 호기심을 보이며 "네 생각을 설명해보라"고 이야기한 다음, 턱을 괴고 열심히 들어보는 서양 사람들과는 차이가 있다. 이들은 뭔가 다른 생각을 가지고 있는 사람은 '쓸모 있는 사람'으로 여긴다. 우리나라 사람들이 자신과 다른 상대의 생각에 '분노'하는 반응을 보이는 것과 사뭇 다르다.

늘 '내 것이 옳고, 네 것은 틀리다'는 식으로 접근하는 것은 위험하다. 사람은 모두 경험과 생각이 다르다. 예를 들면, 취업에서 몇십 번 실패해본 사람과, 단번에 성공한 사람은 사회에 대한 자신감에서 차이가 있을 것이다. 한눈에 반한 상대와 운명적인 사랑을 한 사람은, 번번이 딱지를 맞고 실연의 상처를 달래야 하는 사람의 아픔을 이해하기 힘들다.

상대와 나의 생각 차이를 인정하는 것은, 한 번만 상대의 입장이 되어보면 너무나 간단하다. 내가 아는 어떤 이는 "모든 문제를 원만하게 해결하기 위해 첫째 내 입장에서 생각해보고, 둘째 상대의 입장에서 생각해보고, 마지막으로 제3자의 입장에서 생각해보면 가장 원만한 답을 얻을 수 있다"고 말했다.

제3자의 입장까지는 헤아리지 못하더라도, 눈 딱 감고 상대의 입장에서 한 번만 생각해보면, 서로의 의견 차이는 사실 별것 아닐 때가 많다.

저마다 생각이 다른 사람들이 어울려 일하는 글로벌 사회에서 이 같은 '의견 조율 능력'은 매우 중요하다. 나와 다른 사람들의 생각을 받아들이고 그것을 취합해 더 새로운 것을 만들기 위해서는 창의성이 필요하다. 이런 능력이 뛰어난 사람이야말로 글로벌 사회의 인재인 것이다.

언어적 능력과
신뢰 쌓기

언어적 능력이란 외국어 실력은 물론 자기 생각을 언어로 전달하는 '말솜씨'를 통틀어 이야기하는 것이다. 정확한 언어구사 능력은 그 사람을 몇 배 더 값지게 보이도록 만든다.

그런데 요즘 여학생들이나 젊은 여성들과 이야기하다 보면 간혹 답답할 때가 있다. 가장 흔한 경우는 말이 명료하지 않다는 것이다. 자신 없는 말투로 말을 흐리는가 하면, 습관처럼 "~인 것 같아요"를 남발한다. 이런 말투는 자신의 생각이 확고하지 못한 사람처럼 보이게 하기 때문에, 사회생활에서는 반드시 피해야 한다.

이보다 더 대책이 없을 때는 아이처럼 말을 하는 경우다. 혀 짧은 소리로 말하는 게 남자친구에게는 애교로 통할지 모르겠지만, 사회생활에는 감당이 안 되는 말투다. 확실한 의사 전달이 되도록 말을 명료하게 했으면 좋겠다. 평상시 말을 정확하게 하는 습관만 들여도, 취업을 앞두고 큰돈 내며 면접 학원을 따로 다닐 필요는 없을 것이다.

그런데 원활한 의사소통은 말만 잘한다고 되는 것이 아니다. 말이 제대로 전달되기 위해서는 '내실 있는 알맹이' 즉, 내용이 필요하다. 실리적인 외국 사람들은 알맹이 없는 말에는 절대 귀 기울여주지 않는다.

나는 토론하기를 좋아한다. 제대로 이루어지는 토론이야말로 '예술'이라고 생각한다. 각기 다른 의견을 가진 사람들이 서로의 생각을 이야기하고 때로는 상대방을 설득하면서 하나의 의견을 도출해가는 과정은, 복잡한 함수문제를 차근차근 푸는 것만큼이나 논리적이고 이성적인 일이다. 설령 의견의 일치를 보지 못한다고 해도, 서로 어떤 생각의 차이를 가지고 있는가를 아는 것만으로도 분명한 수확이다.

그런데 수업 중 학생들에게 '토론'을 하자고 했더니 기겁하며 고개를 돌려버렸다. 혹시 눈이 마주치면 자신에게 이야기를 해보라고 할까 봐 아예 눈도 마주치지 않았다. 토론만이 아니라 발표를 해보라고 해도 마찬가지였다. '말한다'는 것 자체에 부담을 느끼는 것 같았다.

아는 것이 부족하다면 말하기에 부담을 느낄 수밖에 없다. 토론을 잘하기 위해서는 먼저 그 주제에 대해 아는 것이 있어야 하고, 자기 생각을 체계화해 설명할 수 있어야 한다. 조리 있는 말솜씨는 그 다음이다.

토론에서는(대화도 마찬가지다) 주고받기가 중요하다. 내 의견을 이야기하고 상대방 의견을 들은 다음, 서로의 의견이 다른 부분에 대해 설명이나 설득, 반박을 하는 것이다. 그런데 토론에 익숙하지 않은 사람들은 이 주고받기의 룰을 무시해버린다.

텔레비전 시사 프로그램에서 보는 정치인들의 토론이 대표적인 예다. 그들은 상대방이 어떤 의견을 가지고 있건 상관없이 자기주장만 되풀이한다. 토론회가 아니라 정견 발표장 같은 느낌이다. 그러다 상대가 강하게 반박이라도 할라치면 그때부터는 완전히 싸움터 분위기로 바뀐다.

서양 사람들과의 토론이나 회의에 이런 태도로 임했다가는, 몇 마디 붙여보지도 못하고 '끝'을 통보받을 것이다. 서양 사람들은 일방적 주장이 아니라 서로 다른 의견을 내고 논쟁을 벌이며 접근해가는 과정을 중요하게 생각한다.

이런 토론을 제대로 하기 위해서는 먼저 자기 생각을 명료하게 정리해야 한다. 토론을 할 때는 핵심부터 이야기하는 것이 좋다. 본론에 들어가기 전에 서론 5분은 너무 길다. 서론이 지나치게 길면 전달력도 떨어진다. 마치 기자들이 이야기하는 방식처럼, 명확하게 핵심을 먼저 이야기하라.

다음으로 상대방의 이야기를 경청해야 한다. 우리나라 사람들은 자신이 이야기를 많이 해야 이기는 것이라고 생각하는 것 같다. 상대가 이야기를 하는데도 중간에 끼어들어 쑹덩 잘라버린다. 서양 대화예절에서 중간에 말을 자르는 것은 최악의 매너다. 내 이야기를 했으면, 그 다음에는 상대방의 이야기를 충분히 들어야 한다. 성격이 급해서 빨리 반박하고 싶더라도 허벅지를 꼬집으며 참기를 권한다.

외교관에게는 외교관끼리의 언어가 있다. 가장 큰 특징은 '단정적'으로 이야기하지 않는다는 것이다. 설령 상대와 의견이 달라서 화가 난다 하더라도 "당신은 어떻게 그런 생각을 하느냐?"고 말하지 않는다. 가슴속은 부글부글 끓어도 온화한 표정으로 "나는 너와 의견을 달리한다"고 말한다. 이미 마음속에 다른 결정이 내려져 있더라도 "그것에 대해 한 번 더 생각해보겠다"며 여지를 둔다. 단정적으로 잘라서 말하지 않는 이유는, 그 경우 더 이상 상대와 타협하거나 설득할 여지가 없어지기 때문이다. 물론 외교협상에서는 전략적으로 단호하게 말해야 할 때도 있다.

또 한 가지 중요한 건, 진실을 말해야 한다는 사실이다. 외교관계는 사람 간의 개인관계와 똑같다. 가장 중요한 덕목은 '신뢰 쌓기'다. 상대를 설득하기 위해 사실이 아닌 내용을 말한다면 그 순간은 넘어갈 수 있을지 몰라도 머지않아 진실이 드러날 것이다. 그렇게 되면 원만한 관계는 금이 가고 필요할 때 도움마저 기대할 수 없게 된다.

'외교관은 진실을 말하지 않는다'는 일반적인 생각은 사실이 아니다. 진실을 말해야 상대방의 마음을 얻을 수 있는 것이다. 단지, 의견이 다를 경우 이를 완곡하게 표현할 뿐이다.

의견이 다를 때는 상대방의 의견을 끝까지 듣는 것이 중요하다.

비교적 자기주장이 강한 우리나라 사람들은 대화에서 자기 의견만 반복해 이야기하려는 경향이 있다. 그러나 외국인은 자기 이야기만을 되풀이하는 사람은 아예 대화상대로 여기지 않는다. 그들과의 대화에서 실리를 얻기 위해서는 상대방의 의견을 충분히 듣고, 내용과 논리가 있는 말로 상대를 설득해야 한다.

일을 하다 보면 상대방에게 이쪽의 부정적인 입장을 밝혀야 하는 경우가 있다. 이때는 상대방에게 직접, 그리고 가급적 빨리 전달해야 한다. 이것은 외교관계나 일반 비즈니스, 개인관계에서도 마찬가지다.

우리나라에서는 나쁜 얘기는 가급적 미루거나, 다른 사람이 대신해주기를 바라는 경향이 있다. 일보다 관계에 대한 고려가 앞서기 때문이다. 그러나 서양에서는 나쁜 말일수록 상대방을 직접 대하고 설명해야 한다. 그들은 정확하고 확실한 것을 최우선으로 여긴다. 만약 제3자로부터 자신들과 관련된 부정적 사실을 전해들을 경우 대단히 불쾌해하며, 다음번에는 상대해주려 하지 않는다.

첫인상에서
딥 임팩트를 남겨라

외교관의 세계에서 선진국 외교관의 1분은 후진국 외교관의 10분 보다 긴 시간이다. 주요 국가의 외교관은 그만큼 만나기 힘들다는 이야기다.

늘 바쁜 선진국의 외교관들은 초대받은 만찬에도 모두 참석하지 않는다. 상대방이 자신들에게 무엇을 줄 것인가에 따라 만날지, 말지를 정확하게 가린다. 냉정한 외교가의 현실에서는 대사도 같은 급이 아니다. 믿기 힘든 이야기겠지만, 어떤 대사는 같이 근무한 국가에서 3년 동안 미국 대사를 한 번도 만나지 못했다는 전설 같은 이야기도 전해져온다.

일반 기업도 마찬가지다. 잘나가는 기업의 사장이 쓰는 10분은 그저 그런 회사의 사장이 쓰는 10분과 다를 것이다. 그 잘나가는 기업의 사장을 10분 동안 만나 면접을 보거나 비즈니스를 하기 위해서는 처음 대면한 3분 이내에 자신의 존재를 확실히 알릴 필요가 있다. 첫인상이 어떻게 전달되느냐에 따라 나머지 7분은 1시간이 될 수도 있고, 5분으로 끝날 수도 있다.

주재국에 부임하는 대사들도, 첫인상에 따라 대사 모임의 주요 그룹에 낄 수도 있고 여차 하면 변방의 대사로 머물다가 귀국할 수도 있다.

대사는 주재국에 부임하면 주재국 정부와 각국 대사들을 신임 예방하게 된다. 신임 예방이 끝나면 1~2개월 사이에 외교단에 신임 대사에 대한 평이 돈다. "괜찮은 사람이 왔더라"라는 평을 들으면 첫인상에서 합격점을 받은 것이다. 그러나 별말이 없거나 관심을 보이지 않으면 '별 볼일 없더라'는 뜻이다.

나 역시 주 세르비아 대사로 부임한 뒤 각국 대사들을 신임 예방하는 절차를 거쳤다. 신임 예방을 위해서는 인사장과 간단한 인적사항을 상대국 대사관에 보낸다. 인사장을 받은 쪽에서는 자기네 대사와 일정을 맞춰 답을 주는데, 만나기로 결정되면 상대국 대사의 인적사항도 함께 받아보게 된다. 마침 일본 대사는 본국으로 돌아가 공석 중이었고, 중국과 러시아, 미국으로부터 연달아 답이 왔다.

러시아 대사와 미국 대사를 예방하는 등 주요국으로부터 일찌감치 신임 예방 일정을 받은 데는 내 '인적사항'이 영향을 미쳤을 것이라는 생각이 들었다. 러시아와 미국 대사 모두 나처럼 독일과 인연이 있는 사람들이었다.

나는 면담 전에 한미관계, 한러관계는 물론 세르비아 정세 등에 대한 최근 현황을 파악하여 철저한 대화 준비를 했다.

러시아 대사는 자신도 독일에서 근무를 했다며 반갑게 독일어로 인사를 건넸다. 미국 대사는 예방 전 인적사항을 살펴보니, 오스트리아에서 출생했지만 어머니가 미국 사람과 재혼하며 미국으로 갔고 독일에서도 오래 근무한 경험이 있었다. 미국 대사와도 만난 지 얼마 되지 않아, 누가 먼저 시작했는지 독일어로 재미있게 대화를 나누고 있었다.

보통 신임 예방은 30분이면 끝나는데, 그날 미국 대사와의 만남은 1시간이 넘게 이어졌다. 서로 이야기에 빠져 약속된 시간이 지나는 것도 의식할 수 없었다. 그는 자신이 파악하고 있는 세르비아 정세까지 완벽하게 브리핑해주었다. 신임 예방을 다녀오면 본부에 보고서를 써야 하는데, 완벽한 보고서 자료까지 얻은 셈이다.

예정된 시간을 훨씬 넘겨 자리에서 일어나면서, 그는 "우리 언제 다시 만나서 식사 한 번 같이 하자"는 말로 다음 약속을 청했다.

나와 러시아, 미국 대사는 '독일'이라는 공통 관심사를 가지고 있었다. 그래서 우리는 첫 대면에서부터 서로 호감을 느끼고 자연스럽게 대화를 풀어갈 수 있었다.

막연히 상대방이 잘 봐줄 거란 기대를 갖고 기다리는 것은 소극적인 자세다. 스스로 좋은 첫인상을 남기기 위해서는, 내 쪽에서 먼저 상대방이 어떤 사람인지를 파악할 필요가 있다. 상대가 어떤 공부를 했는지, 어떤 경력을 가지고 있는지 정도는 알아야 첫 대면에서 자연스럽게 공통 관심사를 이끌어낼 수 있기 때문이다.

나는 지금도 '인적사항'을 100% 활용한다. 세미나나 각종 모임에 초대받으면 함께 참석하는 사람들의 명단을 미리 받는다. 요즘은 인터넷 정보가 상세하고 친절한 덕분에, 클릭 몇 번만 하면 내가 만나게 될 사람들에 대한 기본 정보를 어렵지 않게 얻을 수 있다. 그리고 마침내 그 상대방을 만났을 때, 내가 사전에 얻은 정보를 바탕으로 자연스러운 대화를 이끌어낸다. 자신에 대해 알고 있다는 것은 바로 '관심'을 의미하기 때문에 대부분의 사람들은 반가워한다. 다음번 다른 자리에서 만나게 되더라도 그 사람이 나를 기억하지 못할 리 없다.

취업 지원자가 회사에 면접을 보러 갈 때도 마찬가지다. 요즘은 자신이 지원하는 회사에 관한 기본적인 정보는 누구나 파악하고 있다. 하지만 그 정도 준비만으로는 수많은 경쟁자들 속에서 자신을 각인시키기란 쉽지 않다. 그보다 조금 더 부지런한 사람은 그 회사에서 자신이 일하고 싶은 분야의 각종 현황을 파악하고, 입사 후 포부를 이야기할 것이다. 그러나 이것도 '생각하는 것 그 이상'은 아니다.

나라면 어떻게 할까? 나라면 입사를 희망하는 회사 분석에다 경쟁사는 어떻게 영업하고 있는지, 내가 생각하는 경쟁 전략은 무엇인지까지를 덧붙여 준비해보겠다. 물론 그렇게 하기 위해서는 많은 자료와 해외 사이트를 뒤지며 머리에 쥐가 나도록 노력해야 할 것이다. 철저한 사전준비는 성공의 관건인 동시에 확실한 차별화 전략임을 잊지 말아야 한다.

끝으로, '외모'도 첫인상을 좌우하는 주요 요인 중 하나라는 사실이다. 성형외과 의사나 심리학자들의 이야기를 들어보면 첫인상에서 눈, 코, 입이 어떻게 생겼는가보다는 어떤 '표정'인가가 더 중요하다고 한다. 환하게 웃는 얼굴에서는 친근감과 편안함을, 무표정하거나 찡그린 얼굴에서는 무관심 혹은 경계심을 느낀다. 그래서 실제로 잘생기고 무표정한 사람보다 평범한 생김새지만 밝은 표정을 한 얼굴이 더 좋은 인상으로 기억된다고 한다.

표정은 성형으로도 고쳐지지 않는다. 평소 그 사람의 모습과 내면이 그대로 드러나는 것이 표정이다. 즉, 평소에 좋은 인상을 갖도록 노력하라는 이야기다. 언제 어디서든 밝고 환한 표정, 당당하고 적극적인 자세로 '자신만의 임팩트'를 남기길 바란다.

재미있든지,
유익하든지

주 세르비아 대사로 근무할 당시, 베오그라드의 우리 대사관 관저
는 자주 각국 대사들이 토론을 벌이는 살롱으로 변하곤 했다. 대사
들을 초대하는 만찬이 끝나면, 그들은 관저 1층 벽난로 앞에 모여 앉
아 정치, 경제, 문화에 관한 토론을 벌였다. 어쩌다 치열한 논쟁이
벌어지면 나는 2층 서재로 달려가 관련 서적을 찾아들고 내려왔다.

코소보가 독립을 선언하며 그 문제에 대한 논쟁이 치열해졌을 때
는 1998년 영국인 노엘 말콤Noel Malcolm이 쓴 《코소보》라는 책을
그들 앞에 내놓았다. 그 책에는 '국제법적으로 한 번도 코소보가 세
르비아에 속한다고 인정된 적이 없다'는 점이 명시돼 있다. 그러니
까 코소보가 세르비아의 영토에 편입된 것은 묵시적으로 이루어진
것이지, 국제법적 근거는 없다는 이야기다.

그때까지 설왕설래하던 사람들은 내용을 확인하고 고개를 끄덕이

거나 "나한테도 그 책이 있는데 다시 읽어봐야겠다"며 새로운 사실을 발견한 것을 흥미로워했다.

어떤 모임이나 마찬가지지만, 대사들은 공식 만찬이 흥미가 없으면 식사가 끝나자마자 너나 할 것 없이 온갖 핑계를 대며 도망치듯 사라져버린다. 그러나 우리 대사관 관저의 만찬은 달랐다. 손님들은 만찬이 끝나도 돌아갈 생각을 하지 않고 끝없이 이야기를 이어나갔다.

대사관 만찬에서 서빙을 하는 웨이터들은 "한국 대사관 관저처럼 톱클래스 손님들이 많이 오는 곳은 없다"고 말하곤 했다. 그들은 각국 대사관 파티에 고용되어 서빙을 담당하기 때문에, 대사관마다 만찬에 누가 참석하고 어떤 분위기인지를 가장 잘 아는 사람들이었다. 그들이 한국 대사관의 만찬을 최고라고 말하는 데는 이유가 있었다. 우리 대사관이 주최하는 만찬에는 미국, 영국, 프랑스, 독일 같은 주요 국가의 대사는 물론 세르비아의 정치가나 대학 총장, 공주와 왕세자 등 고위직 인사들이 자주 참석했기 때문이다.

이런 주요 인사들이 우리 대사관의 만찬 초대에 기꺼이 응하도록 만들기 위해 나와 대사관 직원들은 눈에 보이는 곳부터 보이지 않는 곳까지 세심한 정성을 기울였다. 한식 메뉴로 맛있는 음식을 준비하고 만찬장을 아름답게 꾸미는 노력은 기본적인 것이다. 나는 대사관 요리사 아주머니와 함께 베오그라드 시장을 돌아다니며 싱싱한 장미꽃을 파는 가게를 찾아내고, 정성스러운 초대장을 직접 만들었다.

무엇보다 그들에게 '한국 대사관의 만찬은 즐겁고 유익하다'는 인상을 확실하게 심어주기 위해 신경을 썼다. '한국 대사관 만찬에는 만나고 싶은 사람들이 많이 참석한다', '한국 관저는 즐겁고 유익한 모임의 장소다', '그곳 만찬 음식은 정말 환상적이다'……. 이런 기대가 즐겁게 충족된다면 만찬 초대에 응하지 않을 사람은 없다.

실리적인 서양인들은 사람을 만날 때 두 가지 중 한 가지는 충족되기를 원한다. '재미있든지, 유익하든지'. 두 가지 중 어떤 것도 기대할 수 없다면, 그 만남은 다음을 기약하기 힘들다. 이들과 관계를 형성하기 위해서는 '대화가 되는 사람'이 되어야 한다는 이야기다.

'대화'는 핑퐁이다. 주고받기를 잘해야 끊어지지 않고 이어진다. 그래서 몇 시간씩 계속되는 저녁 만찬이나 'Working Luncheon(점심식사를 하면서 업무 이야기를 하는 것)'은 좋은 기회인 동시에 부담스러운 자리가 될 수도 있다. 서양에서는 보통 오찬은 업무적 성격이고, 만찬은 부부동반의 사교적 성격이다. 따라서 모든 참석자와 대화가 가능하도록 폭넓은 대화거리를 준비해야 한다.

대화가 빈곤한 사람과는 만나서 인사를 나눈 뒤 현안과 날씨 이야기를 하고 나면 5분 만에 더 이상 할 이야기가 없어진다. 처음 몇 마디만 거들고 그 긴 시간 내내 입을 다물고 있어야 한다면 그건 차라리 고문이다. 모임에 참석한 아무 의미도 없다.

'무슨 이야기를 할 것인가'도 문제다. 여러 나라 사람들이 모인 만찬장에서의 대화 내용은 정말 버라이어티하다. 각 나라의 정치, 경제는 물론 역사, 미술, 음악, 영화 등 다양한 분야가 대화 주제로 오른다.

외국인들은 특히 동양의 역사나 문화에 대한 관심이 높다. 내가 만난 외교관 중에는 한국과 일본의 오랜 역사적 관계를 주르르 꿰고 있는 사람도 있었다. 이렇게 해박한 지식을 가진 사람들과 대화하기 위해서는 우리 스스로 역사와 문화에 대한 식견을 넓히지 않으면 안 된다.

나중에 외국인들과 동료가 되거나 비즈니스 파트너로 만날 때, 그들 나라의 역사에 대해 몇 마디라도 이야기해보라. 그들은 동양인이 자국의 역사를 알고 있다는 사실만으로도 크게 놀라워하며 호감을 표명할 것이다. 눈 파란 서양인이 우리나라의 석굴암이나 불국사를 좋아한다고 말하면 우리가 호감을 느끼는 것과 마찬가지다.

다양한 분야에 대한 지식을 가지고 풍부한 대화를 이끌 수 있는 사람은 세계 어느 나라의 사람과도 쉽게 인간관계를 맺을 수 있다.

'김치 엑스퍼트'로 만든
평생 친구

주 독일 대사관 1등서기관으로 임명받고 처음으로 독일에 부임했을 때다. 독일에 갈 때는 전임자가 임대했던 주택을 이어 사용하는 것으로 알고 있었는데, 현지에 도착해보니 문제가 생겨 다시 집을 구하게 됐다. 혼자 본Bonn 시내 여기저기를 돌아다니며 마땅한 집을 찾고 있었다. 그런데 한 곳에서 집을 보고 나오니까 어떤 남자가 장바구니까지 들고 내 차 옆에 서 있었다. 그는 나를 보더니 반가운 얼굴로 "한국 외교관이냐?"고 물었다.

내 차 번호판에 한국 외교관 번호인 '79'가 붙어 있는 걸 보고 알았던 모양이다. 그는 내가 한국 외교관이라는 걸 알고 반색을 했다.

그 남자 역시 독일 외교관이었다. 외교관인 그의 부인과 그의 첫 부임지가 한국이었기 때문에, 한국 외교관의 차를 발견하고 반가운 마음에 무작정 차 주인이 나타나기를 기다렸다는 것이다. 우리는 인사를 나누고 명함을 주고받았다.

그와 헤어져 돌아온 뒤 아이디어가 하나 떠올랐다. 독일 외교관 중에 한국에서 근무한 사람이 많을 것이고 그런 사람들은 조금이라도 한국에 대한 관심이 있을 텐데, 그들의 이 같은 관심이 지속되었으면 좋겠다는 생각이 들었다.

한국 근무 경험자 중에는 대사를 역임했던 사람도 있을 것이고, 아직 독일 외교부에 근무하는 사람도 있을 테니 그 사람들로 모임을 만든다면 한국과 독일을 잇는 친구들이 될 것이라는 확신이 들었다. 즉시 대사에게 "만찬을 주최하게 해달라"고 건의했다.

본 시내에서 만났던 독일 외교관에게 연락해 한국 근무 경험자들의 명단을 부탁했다. 그리곤 모임의 이름에 대해 고민했다. 'Friends of Korea'라고 할까? 그건 너무 평범한 것 같았다. '재미있으면서도 한국을 상징하는 이름이 없을까?' 하고 고민하다 떠오른 것이 '김치 엑스퍼트Kimchi Experts(김치 전문가 모임)'였다.

김치 엑스퍼트에 초대된 외교관들은 몹시 좋아했다. 한국과 인연이 끊어지고 국경일에 초대도 없어 서운했는데 다시 인연을 맺게 돼 기쁘다는 반응이었다. 그 모임을 주선한 나의 감동은 더 컸다. 한국 음식을 나누며 한국에 관한 추억과 관심사를 이야기하는 그들의 모습이, 마치 오랜만에 한자리에 모인 고향 사람들 같았기 때문이다.

여름에는 불고기 파티, 겨울에는 크리스마스 파티를 하며 내가 대사로 내정되어 독일을 떠날 때인 2005년까지 그 모임을 이어갔다. 중간에 다른 나라로 이임하는 사람에게는 개인적으로 작은 선물을 준비하고 식사 초대도 했다. 반대로 다른 나라에서 근무하다 독일로 돌아온 사람들은 모임에 초대해 새로운 멤버로 만들었다.

'김치 엑스퍼트' 멤버들이 외교부에서 승진하거나 주요 부서의 담당으로 배치되다 보니, 한독 간에 현안문제가 있을 때 담당자를 찾거나 만나는 문제도 쉽게 이루어졌다.

'김치 엑스퍼트'는 애당초 어떤 목적을 염두에 둔 모임은 아니었다. 나는 단지 '조금이라도 한국을 아는 독일 외교관'들이 지속적으로 우리나라에 대한 관심을 가졌으면, 하는 마음에서 모임을 만들었던 것이다. 전 세계에 흩어져 일을 하는 그들이 한국에 관한 관심을 가져주는 것만으로도 든든한 '코리아 서포터즈'가 되지 않을까, 하는 혼자만의 기대에서였다. 그러나 모임을 통해 그들과 친구가 되면서, 외교관 업무에서도 많은 도움을 받았다. 그들 한 사람 한 사람과 진정한 친구가 되지 못했다면 그런 도움은 가능하지 않았을 것이다.

'김치 엑스퍼트'를 통해 깨달았던 점은 '주변에 좋은 사람들을 많이 모으는 것'이 얼마나 중요한 일인가, 하는 것이었다.

혼자서 어떤 일을 해낼 수 있다고 생각하는 것은 오산이다. 이 문제는 내가 요즘 젊은 친구들의 개인주의적인 성향을 보며 걱정하는 부분이기도 하다. 과제를 할 때 혼자 하는 것은 잘하는데, 조를 짜서 하는 것은 싫어한다. 학생들이 무섭도록 컴퓨터의 온라인 세계에 빠지는 것도 다른 사람의 간섭 없이 혼자만의 세상을 즐기려는 욕구가 아닌가 싶다.

그러나 경쟁이 치열한 국제사회에서는(국내사회도 마찬가지다) 아무리 똑똑한 사람이라고 해도 혼자서 할 수 있는 일에는 한계가 있다. 함께 일하는 주변 사람들의 협조나 협력 없이는 더 큰 성과를 얻을 수 없다는 것이다. 그래서 좋은 친구가 많다는 것은 가치를 따질 수 없는 엄청난 재산을 가진 것과 마찬가지다. 그들과 개별적으로 친분관계를 유지하는 경우도 있지만, 공통의 관심사가 있는 사람들이라면 하나의 모임을 만드는 것이 보다 큰 시너지 효과를 낼 수 있다.

공통의 관심사를 가진 사람들로 모임을 만들고, 기왕이면 그 모임의 대표로 리더 역할을 경험해보는 것도 좋다. 모임을 만들고 관리하기 위해서는 부지런해야 한다. 약속을 정할 때마다 사람들에게 메일을 쓰고, 전화를 걸고, 장소를 정하는 일 등은 적지 않은 시간과 노력이 필요한 일이다. 무엇보다 바쁘고 할 일 많은 사람들을 한자리에 모은다는 게 보통 일은 아니다. 모임을 만드는 것도 능력이다.

'김치 엑스퍼트'와의 인연으로 위기의 순간을 넘겼던 적이 있다.

1998년 4월 영국 런던에서 제2차 아셈ASEM(아시아유럽정상회의)이 개최됐다. 당시 김대중 대통령의 아셈 참석에는 박정수 외무장관도 동행하고 있었다. 박 장관이 한독 외무장관 회담을 희망해 스케줄을 잡은 상태였다. 나는 외무장관 회담의 통역으로 런던 출장을 가게 됐다.

런던의 호텔에 도착해 우리나라 담당자를 찾았더니 사색이 되어 있었다.

"어떡하죠? 독일 외무장관 회담이 취소됐는데요?"

독일 외무장관이 자국 스케줄 때문에 런던에 2시간 늦게 도착하게 돼, 런던에서 예정된 우리 장관과의 회담을 취소했다는 것이다. 마침 독일 외무장관 보좌관으로 일하는 이가 '김치 엑스퍼트' 회원이었다. 당장 독일 본에 있는 그에게 전화를 걸었다. 그에게 상황 설명을 하고 독일 외무장관의 다른 스케줄을 줄여서라도 영국에서 우리 장관과 회담을 하게 해달라고 부탁했다. 그리고 전화를 끊기 전에 한마디 엄포를 놓았다.

"나, 이거 안 되면 네 얼굴 다시 보기 힘들다!"

그는 상황을 알아보고 전화를 주겠다고 했다. 우리 일행은 초조하게 내 얼굴만 바라보고 있는 형편이었다. 다른 때 같으면 아무리 급하더라도 상대가 전화를 해줄 때까지 기다렸겠지만, 그때는 자존심이고 뭐고 생각할 겨를이 없었다. 내 쪽에서 다시 전화를 걸었다.

결국 그로부터 원하는 답을 받았다. 시간을 조정해 우리와의 회담을 스케줄에 넣겠다는 것이었다.

나중에야 안 사실이지만, '회담 취소' 전화는 이미 내가 독일에서 출발한 직후 우리 대사관에 걸려왔다고 한다. 어렵사리 성사시킨 장관 회담이 무산될 상황에 놓였던 것이다. 다른 사람들이 당황해 어쩔 줄 몰라 하는 걸 보고, 당시 홍순영 주독 대사께서 "김영희가 현장에 갔으니까 기다려보자"고 하셨다고 한다.

통역 업무를 마치고 독일로 돌아갔을 때, 홍순영 대사께서는 환하게 웃으며 "역시 김영희구먼!" 하고 내 손을 잡아주셨다.

친구가 되지 않으면
정보도 없다

정치 분야든, 경제 분야든 국제사회에서 가장 치열한 것은 '정보'를 얻는 일이다.

'정보'는 '양파'와 같다. 양파 껍질이 다섯 겹이라면, 그중 네 겹을 까보고 속을 다 봤다고는 할 수 없다. 까보지 않은 마지막 껍질이 겉은 멀쩡해도 속은 썩어 있을 수도 있다. 결국 양파 껍질을 다 까봐야 그 속을 알 수 있다는 이야기다.

다른 사람이 미처 접근하지 못한 정보, 보다 확실한 정보……, 그것에 어떻게 접근할 것인가? 수없이 고민하지만 결론은 한 가지다. 정보는 결국 사람으로부터 나온다. 그리고 완벽한 친구가 아니면 결코 정보를 주지 않는다! 그게 내가 경험한 국제사회의 현실이다.

1990년대 중반까지만 해도 남과 북은 거의 교류가 이뤄지지 않았고, 서방세계에도 북한에 대한 정보가 거의 없었다.

반면 통일 이전 동독은 북한과 활발한 교류를 하고 있었다. 평양의 동독 대사관은 북한 내에 있는 가장 큰 외국 대사관이었다. 100여 명의 동독 외교관이 평양에 상주하며 근무할 정도였다. 1990년 동서독이 통일된 후 독일은 북한과 외교관계를 수립하지 않았다. 그러나 과거 동독으로부터 평양에 있는 넓은 대사관 건물을 넘겨받았기 때문에, 그 건물을 관리한다는 차원에서 평양에 있는 스웨덴 대사관 산하에 '독일 이익대표부'를 두고 독일 외교관 한 명을 파견했다.

1996년, 나는 주 독일 대사관 정무참사관으로 일하고 있었다. 하루는 친하게 지내던 독일 외교부 한국담당과장이 외교부를 방문한 내게 북한의 독일 이익대표부에서 온 비밀 전문 하나를 보여줬다. 그는 조심스럽게 "너한테만 보여주는 거니까, 내용은 적지 말고 읽어보기만 하라"는 단서를 달았다. 당시 북한에 대한 정보가 거의 없던 우리에게는 사소한 내용도 중요한 것이었다.

그 후 외교부의 한국담당과장 덕분에 북한에서 보내오는 독일 이익대표부의 보고서를 자주 읽게 되었고, 그 내용을 상세히 본부에 보고했다. 나는 그에게 "북한에 근무하는 외교관이 본국에 휴가차 오면 한 번 만나게 해달라"고 부탁했다.

그런데 그해 여름에 북한에서 근무하는 독일 외교관이 외교부에 올 기회가 생겼다. 딱 하루 일정이라고 했다. 어렵게 오찬 약속을 받아내 중국음식점 별실로 약속 장소를 정했다. 소원했던 대로 그와 두 시간 동안의 단독 만남이 이루어진 것이다.

외교관은 그 나라에서 허용하는 범위에서 모든 정보를 파악해 자국에 보고할 권리와 의무를 가진다. 나는 혹시 빠뜨리는 내용이 생길까 봐, 궁금한 점을 수첩에 깨알같이 적어서 갔다. 그리고 초면인 그에게 배짱 좋게 "궁금한 게 많으니까, 묻는 것에 다 대답해달라"고 부탁했다. 조용한 중국음식점 별실에서 두 시간 동안 내가 궁금했던 것들에 대한 많은 이야기를 들을 수 있었다.

당시 파악한 북한 관련 사항 중에는 평양에 살고 있는 네 명의 미군 병사에 관한 것도 있었다. 그 내용은 이런 것이었다.

내가(독일 외교관) 평양에 있는 러시아 대사관에 가서 가끔 축구를 하는데, 그곳에서 평양에 미군 출신 네 명이 살고 있다는 얘기를 들었다. 이들이 어떻게 북한에 살게 된 건지는 알 수 없다. 그러나 네 명이 살고 있는 것은 확실하고, 그들은 늘 함께 다닌다. 평양 시내에서 그들 중 세 명을 직접 본 적이 있는데 "Are you American?" 하고 물으니까 뒤돌아보더니 대답 없이 그냥 가버렸다…….

북한에 대한 자료가 전혀 없던 시절이라 그것이 '어떤 내용'이든 가치가 있었다. 더구나 북한에 미군 출신이 살고 있다는 사실을 직접 확인한 것은 중요한 정보였다. 나는 독일 외교부에 있는 친구 덕분에 1년 내내 북한에 관한 보고서를 쓸 수 있었다.

내가 요구한 것도 아닌데, 독일 외교부의 한국담당관은 왜 내게 북한에서 온 전문을 보여주었을까? 나중에 곰곰이 생각해본 적이 있다.

아마도 그는 한반도 긴장완화를 원하는 우방국의 외교관으로서, 그리고 친구인 김영희를 돕고 싶은 마음에서 내게 그 전문을 보여준 건 아니었을까? 중요한 건, 평상시 그 외교관 친구와 돈독한 관계를 맺고 있지 않았다면, 그가 외국 외교관인 내게 예민한 비밀 전문을 보여주는 일은 없었을 것이란 사실이다.

나는 업무 파트너인 독일 외교부의 한국담당관과 돈독한 관계를 쌓기 위해 평소 많은 노력을 기울였다. 현안이 있을 때만 연락을 취하는 것이 아니라 거의 매일 통화하며 안부 인사를 하고, 한반도 관련 변화 사항에 대한 의견을 교환했다. 그리고 가끔 업무적으로 오찬을 같이할 때는 다양한 대화를 통해 개인적인 신뢰와 친분을 쌓아 갔다.

한참 시간이 지나고 베를린에서 공사로 재직하던 시절(2004년 12월) 남편과 스페인 마요르카에서 연말 휴가를 보내고 있을 때였다. 《뉴스위크》를 보던 남편이 갑자기 "That's You!" 하며 기사를 가리켰다. 북한에서 일본 여자와 결혼해 살다가 나오게 된 미군 병사 젠킨스의 인터뷰였다.

"왜 미 국무성이 당신을 구할 노력을 하지 않았느냐?"는 질문에, 젠킨스는 "미 국무성은 내가 북한에 있다는 것을 몰랐다. 1996년 10월에야 사실을 알게 됐다"고 답했다. 젠킨스가 북한에 있다는 사실을 미 국무성보다 내가 먼저 알았던 것이다.

미국이 북한에 있는 젠킨스의 존재를 파악하는 데 내 보고서가 어떤 역할을 했는지 확인할 수 없지만, 상상해볼 수는 있는 일이었다.

품위 있는 유머로
스스로를 돋보이게 하라

우리나라 정치인이나 유명 인사들이 외국에서 연설하거나 사람들을 만날 때, 외국인 친구들이 가끔 묻는 말이 있다.

"저 사람, 왜 화가 난 거야?"

근엄한 표정에 잘 웃지 않는 한국 남자들이 외국인의 눈에는 '화난 사람'처럼 보이는 모양이다.

유머는 더더욱 기대하기 힘들다. 나이든 사람들은 유머가 자신의 권위나 점잖은 체면을 떨어뜨린다고 생각해서인지 유머와는 거리가 멀다.

사실 대화에서 사람들의 이목을 집중시키는 것은, 큰 목소리나 장황한 말솜씨가 아니라 한마디 농담이다. 지루한 연설이나 대화에서 적절한 순간 한마디 던지는 농담은 백마디 웅변보다 효과적이다. 때로는 그런 농담이 비호감인 인물을 호감으로 만들기도 한다.

미국 대통령 오바마는 탁월한 유머감각을 자랑한다. 그는 제65회 라디오-TV기자협회 연례만찬에 참석해 자신의 의료체계 개혁을 '파리 잡기'에 비유하며 좌중의 폭소를 이끌어냈다.

"파리를 잡을 때 꿀을 이용하면 쉽다는 옛말이 틀리지 않다. 만약 꿀을 이용해도 실패할 경우 손바닥을 빠르게 내려치는 방법을 즉각 사용해야 한다."

그 이야기는 한 방송 인터뷰에서 자신의 주변을 맴돌던 파리를 맨손으로 때려잡아 '파리 잡기' 실력을 보여준 것을 떠올리게 하는 유머였다.

민감한 정치 사안을 가벼운 농담과 함께 전할 수 있는 오바마의 유머, 이런 유머가 통할 수 있는 사회가 열린 사회다. 우리도 이런 격 있는 유머를 구사할 줄 아는 정치인을 만날 수 있었으면 좋겠다! 복잡한 정치도 가끔은 가벼운 유머가 된다면, 국민들이 느끼는 정치 피로감이 좀 덜해지지 않을까?

지식층의 서양 사람들은 격 있는 유머를 좋아한다. 그리고 그런 유머를 구사하는 사람을 '괜찮은 사람'으로 여겨 후한 점수를 준다.

그런데 우리 젊은 세대들의 유머는, 유머라기보다 말장난에 가깝다는 느낌을 많이 받는다. 요즘 여대생이나 젊은 여성들이 좋아하는 남자의 조건 중 하나가 '재미있는 사람'이라는데, 그들이 구사하는 유머는 대부분 텔레비전 개그 프로그램에서 보던 내용의 카피 수준이다.

개그맨이나 연예인의 말투와 유행어를 따라 하는 것은 그저 재미있는 흉내일 뿐, 유머라고 할 수는 없다. 특히 서양 사람들과의 대화에서 개그식 말장난은 금물이다. 이런 유머는 자칫하면 자신을 수준 없는 사람으로 보이게 할 수 있다. 외국어를 아무리 잘해도, 내용 없는 말은 아무 영양가가 없다는 이야기다.

외국인들과의 대화에서 기억해야 될 또 한 가지는, 이야기할 때 상대와 시선을 맞추는 것이다. 우리는 말할 때(특히 윗사람과 이야기할 때) 상대방의 눈을 응시하는 걸 버릇없거나 되바라진 태도로까지 여기지만, 서양 사람들은 시선을 마주치지 않는 것은 대화에 관심이 없거나 심지어 상대에 대한 무시라고 생각하기도 한다.

언어의 사용과 대화방법에도 문화 차이가 있다. 원활한 언어소통과 대화를 위해서는 그 같은 차이를 분명하게 알아야 한다. 대화는 말로만 이루어지는 것이 아니다. 태도와 표정, 몸짓 하나하나가 모두 대화의 수단이 된다는 사실을 기억하길 바란다.

한국식 '대충'과
서양식 '정확'의 차이

독일로 떠난 지 18년 만에 한국에 돌아와 1991년 3월 외무부에서 근무를 시작했을 때, 가장 힘든 게 '사람을 대하는 일'이었다. 사람들과 이야기를 할 때면 무엇이 진의인지 알 수 없어 답답할 때가 많았다.

예를 들면 이런 경우다. 어떤 여성 외교관 한 사람이 내 옷차림을 유심히 살펴보더니 이렇게 말했다.

"옷을 참 젊게 입으시네요?"

순간, 그 말의 내용과 어감이 이상하게 불일치하는 느낌이 들었다. '젊은 패션 감각'에 대한 내용은 칭찬 같은데, 묘하게 말꼬리를 올리는 어감은 '나이에 맞지 않는다'는 핀잔처럼 들렸다. 이럴 땐 '고맙다'고 해야 하나, 뭐라고 해야 하나?

한국식 언어는 진심을 말하지 않을 때가 많다. 이중적인 의미가

담긴 경우도 많다. 진수성찬으로 손님상을 차려놓고 "차린 건 없지
만……"이라고 한다거나, 머릿속으로는 열심히 계산기를 두드리면
서 말로는 "내가 돈 몇 푼 때문에 이러는 게 아니다"라고 하는 것,
국회의원끼리 "존경하는 아무개 의원님"이라며 깍듯하게 호칭하다
가 뒤돌아서서는 막말에 멱살을 잡고 싸우는 것 등이 그런 경우다.

독일 사람들은 '생각한 대로 말하고, 말한 대로 행동하라'고 가르
친다. 실제 생활도 이와 다르지 않다. 그렇기 때문에 다른 사람과의
대화에서 자신의 의중을 포장하거나 상대방의 진의를 파악하기 위
해 에너지를 소모할 필요가 없다.

오랜 세월 동안 그런 생활양식에 익숙해진 나로서는 의중을 숨기
고 이리저리 몇 번을 돌려 말하는 화법에 적응하기가 쉽지 않았다.
솔직히 그런 곳에 소모되는 에너지를 자기 일에 쏟는다면 훨씬 더
효율적이고 창조적인 성과를 낼 수 있을 것이다.

서양 사람들과 동료가 되어 일하거나 비즈니스 관계를 맺으려면,
그들의 행동양식을 반드시 염두에 두어야 한다. 말과 행동이 다른
방법으로는 그들과 장기간의 비즈니스가 어렵기 때문이다.

이제는 상식적인 이야기가 됐지만, 서양 사람들과 이야기할 때 결
혼 여부나 나이 등 개인 신상정보를 묻는 것은 실례다. 입사시험 면
접에서도 이런 질문은 하지 못하도록 되어 있다. 사람을 평가할 때,
편견 요소를 가급적 배제하고 객관적으로 판단하자는 의도이기 때
문에 바람직하다고 생각한다.

반면 우리나라 사람들은 초면에도 거리낌 없이 출신 학교를 묻는

다. 서양 사회에서는 무엇을 공부했는지 '전공'에 대해서는 물을 수 있지만, 직접적으로 "어느 학교 출신이냐?"고 묻는 것은 비상식적인 일로 여긴다.

'한국식 언어' 중에 가장 위험한 것은 '대충' 이야기하는 것이다.

우리네 사고 한켠에는 이런 생각이 자리 잡고 있는 것 같다. '너무 정확하게 짚어 이야기하는 건 야박해', '내가 이 정도로 이야기하면 저 사람이 알아서 해주겠지'……, 이런 기대를 갖고 대충 이야기했다가 상대방이 그 마음을 헤아려주지 않으면 낭패를 보고 실망할 수밖에 없다.

서양 사람들의 사고와 우리네 사고는 언어 사용에서 이미 차이가 난다. 우리말은 주어를 생략해도 소통에 문제가 없고, 'the'나 'a' 같은 관사도 사용하지 않는다. 우리는 '귀', '발' 이렇게만 써도 뜻이 통하지만, 영어나 독일어에서는 '귀'도 '하나의 귀'와 '두 개의 귀'가 다르다. 그들에게는 분명하고 정확한 것이 중요한 덕목이다.

이 정확함에 대한 요구는 언어에서 뿐만이 아니다. 생활 속에서도 마찬가지다. 한국 식당에서 식사를 마치고 계산서를 요구했다. 사인을 하기 전, 계산서를 자세히 확인했더니 테이블 옆에 서 있던 식당 직원의 표정이 어색하게 굳어졌다.

'뭐야? 우리를 못 믿는다는 거야?' 혹은 '이 사람, 참 쫀쫀하네', 이런 생각을 했을지도 모른다.

한국 사람들은 계산서를 받자마자 시원스럽게 사인부터 한다. 특히 다른 사람을 접대하는 입장에서 계산서를 들여다보며 일일이 내용을 확인하면, 상대방이 불편해하거나 자신을 소심한 사람으로 생각할 것이라 여긴다.

서양 사람들은 다르다. 계산서를 받아들면 일단 꼼꼼하게 확인한다. 그리고 그것을 당연하게 여긴다. 한국식으로 계산서를 받자마자 사인해버리면, 그들에게 '일처리가 꼼꼼하지 않은 사람'으로 인식될 수도 있다.

업무상 서류를 작성할 때도 마찬가지다. 서류의 작은 글씨까지 꼼꼼하게 읽어보지 않고 사인한 후 나중에 낭패를 보는 경우가 상당히 많다. 서양에서는 일단 사인이 끝나면 그 후는 자기 책임이다. 사소한 것 같지만 이런 부분이 대표적인 동서양 의식의 차이다.

밥값 이야기가 나온 김에 한 가지 더 이야기하자면, '인정 문화'를 가진 우리는 더치페이를 인정머리 없는 것으로 여긴다. 그리곤 여러 명이 식당에 가서 밥 먹는 내내 '누가 밥값을 낼지' 눈치를 본다.

일본인들의 철저한 더치페이가 유명하지만, 독일 사람들도 못지않다. 네 사람이 한 테이블에서 식사를 하고, 각각 계산서 4개를 요구하기도 한다.

서양식 밥값 지불 매너는, 보통 먼저 '밥을 먹자'고 청한 쪽에서 내는 것이다. 만약 상대방이 '식사에 초대한다'는 표현을 하지 않은 경우, 밥값은 당연히 더치페이다. 남성과 여성이 식사 데이트를 해도 마찬가지다. 데이트 비용은 무조건 남성이 지불해야 한다는 생각?, 그건 한국에서나 통하는 이야기다.

'우리것' 모르면
인정받지 못한다

외국에서 일하는 우리나라 사람들을 만나면 꼭 당부하는 게 있다.

"제발 한자로 쓴 명함은 외국에 가지고 오지 마라!"

우리나라 고위직에 있는 사람들의 명함을 받아보면 가장 일반적인 것이 앞면엔 한자, 뒷면엔 영어를 써서 만든 것이다. 한글 이름은 아예 없다. 세월이 아무리 흘러도 일본 사람들이 '영어를 섞어서 이야기하는 사람'을 지식인으로 여기는 것처럼, 우리나라에서는 한자를 사용하는 것이 학식 있고 권위적이라는 생각이 아직 그대로인 것 같다.

그런데 묻고 싶다. 한자가 우리글인가? 외국인들이 한자를 읽을 수 있나? 자칫 한자로 새긴 명함 때문에 중국 사람으로 기억될 수도 있다. 어떤 사람들은 한자가 우리나라 글자인 것으로 생각하기도 한다.

국제사회에서 쓸 명함이라면 한쪽은 한글, 나머지 한쪽은 국제사회 공용어인 영어로 만드는 게 현명한 방법이다.

외국 사람들에게 한글로 이름을 새긴 명함을 내밀어보라. 그들은 낯선 한글을 신기해하며 명함을 들여다보고 묻는다.

"이게 그 유명한 한글이니?"

그 명함 한 장으로 아름다운 우리 한글을 홍보할 수 있는 데다, 그 사람과 우리 역사와 전통에 대해 이야기할 기회까지 얻을 수 있으니 일석이조다.

서양 사람들은 자기네 것이든, 외국 것이든 '전통적인 것'에 관한 관심이 높다.

주 세르비아 대사로 일하던 당시, 나는 우리 대사관이 참가했던 연말 외교단 바자회에서 '태극선'으로 코리아 바람을 일으켰던 적이 있다.

그때 행사장에는 많은 유명 인사들과 취재진, 그리고 시민들이 뒤섞여 북새통을 이루고 있었다. 밖은 한겨울이었지만 행사장 실내는 사람들의 열기로 후텁지근했다. 구경을 하는 사람들은 너나 할 것 없이 종이를 접어 부채질하는 데 여념이 없었다. 점잖은 대사들도 예외가 아니었다. 그 모습을 보고 나는 한국관 부스에 있던 태극선을 몇 개 들고 나와 각국 대사들에게 나눠주었다.

대사들 손에 들려 행사장 곳곳으로 퍼져 나간 태극선은 사람들의 시선을 사로잡았다. 빨강, 파랑, 노랑의 선명한 원색 대비가 눈길을 끌었던 것이다.

사람들은 부채를 든 대사들에게 "어디에서 구입했느냐?"고 물어보고, 태극선을 사기 위해 우리 부스로 몰려들었다. 그들은 태극선의 아름다움에 감탄사를 연발하며, 우리 전통 문양과 색에 관한 질문을 쉴 새 없이 쏟아놓았다.

그날 태극선을 손에 든 사람들이 행사장 곳곳을 누비는 바람에, 바자회장은 마치 한국 문화 행사장 같은 분위기였다.

그렇게 외국에서는 늘 우리의 유서 깊은 전통과 역사가 자랑거리였는데, 정작 한국에 돌아와 보니 현실은 그게 아니었다. 우리네 전통이나 문화가 그다지 대접받지 못하는 현실이 눈에 보였다.

신문에서 우연히 미국인 피터 바돌로뮤 씨에 관한 기사를 접하고서는 얼마나 부끄러웠는지 모른다.

그는 자신이 34년째 살고 있는 성북구 동소문동 한옥이 재개발구역으로 지정되며 철거될 위기에 처하자, 다른 주민들과 함께 소송을 제기하고 힘겨운 싸움을 벌이고 있었다.

그가 인터뷰에서 한 말이 가슴을 찔렀다. 그는 "한옥같이 오래된 집을 오래된 냉장고나 텔레비전 버리듯 취급하는 나라는 한국밖에 없을 것"이라고 말했다.

'피맛골'이 사라진다는 기사를 봤을 때도 가슴 한구석이 허전했다. 조선시대 양반들의 행차를 피해 평민들이 사용한 길, 그래서 '말을 피한다'는 뜻에서 지어진 피맛골이란 이름조차도 우리에겐 유서 깊은 조상의 역사다. 그런데 그 길이 '디자인 서울 거리 조성 계획'으로 헐려 나가고 있었다.

일본에서 유학을 왔다는 한 여대생은 피맛골 골목골목을 사진으로 담으며 그 길이 사라지는 걸 진심으로 아쉬워했다. 그녀 역시 "오랜 역사를 간직한 장소를 없애는 한국 사람들이 이해가 되지 않는다"고 했다. 65년 된 전자상가 '아키하바라'를 원형 그대로 간직하려고 막대한 지원을 아끼지 않는 도쿄 시에 대한 기억이 교차하며, 은근히 자존심이 상했다. 어느 나라는 전통을 지키는 데 돈을 쓰고, 어느 나라는 그 전통을 없애는 데 돈을 쓰다니…….

내 마음을 더 상하게 한 것은, 사라지는 우리 전통 거리를 그토록 아쉬워했던 것이 우리나라 여대생이 아니라 이웃 나라 일본 여대생이었다는 사실이었다. 만약 그게 우리나라의 여대생이 간절하게 토로한 아쉬움이었다면 조금은 위로가 될 것 같았다. 젊은이들이 사라져가는 전통을 아쉬워한다는 것은, 그들의 손에서 전통과 문화가 지켜지리라는 기대감을 가지게 하기 때문이다.

외국에서 생활하고 여행하며 부러웠던 것 중 하나는 전통을 지키는 그 나라 사람들의 모습이었다.

독일은 예전의 수많은 영주 도시들이 모여 형성된 나라답게 지방마다 고유의 전통 행사가 있는데 지금도 매년 성대하게 거행되고 있다. 쾰른과 마인츠, 뒤셀도르프 지역의 카니발은 수백 년 동안 내려오는 전통문화 행사로 매년 그 시기가 되면 전 도시가 축제 분위기로 흥겨워진다.

축제에서 내 마음을 가장 끈 것은, 전통 행사에 자발적으로 참여하는 학생과 어린이들이었다. 그들은 직접 만든 갑옷을 입고 중세를 재현하는 행사에 참여하는가 하면, 몇 달씩 연습한 전통 춤을 사람들 앞에 선보이기도 한다. 그들에게 전통은 옛 궁전이나 박물관에 전시된 것이 아니라, 자신들의 생활 속 한 부분으로 즐겁게 존재하는 것이었다.

이처럼 서양 사람들은 '지적 호기심'을 넘어 열렬하다고 할 정도로 역사나 문화, 전통에 대한 관심이 많다. 그래서 나는 우리나라 젊은 이들에게 글로벌한 세계로 나가기 위해서는 많은 나라의 역사와 문화를 공부하라고 조언한 바 있다. 그러나 아무리 유럽의 역사에 조예가 깊다고 해도, 우리것을 알고 있지 못하다면 무용지물이다.

그들은 자기 나라의 문화를 모르는 사람은 인정해주지 않는다. 아니, 아예 무시해버린다! 왜냐하면 그들에게 전통은 자신의 정체성을 말해주는 것이고, 그걸 모른다는 건 스스로 정체성을 모르는 사람이란 결과가 되기 때문이다.

"

경쟁이 치열한 국제사회에서는
아무리 똑똑한 사람이라고 해도
혼자서 할 수 있는 일에는 한계가 있다.
함께 일하는 주변 사람들의 협조나 협력 없이는
더 큰 성과를 얻을 수 없다는 것이다.

그래서 좋은 친구가 많다는 것은 가치를 따질 수 없는
엄청난 재산을 가진 것과 마찬가지다.

"

주 세르비아 대사관 관저 만찬에서.
왼쪽부터 이스라엘 대사, 미국 대사 부부, 나, 세르비아 오페라 가수.

Part 5

Mentor

거친 인생항로를
밝혀줄 멘토를
찾아라

1991년 폰 바이체커 독일 대통령이 한국을 국빈 방문해
박준규 국회의장과 면담할 때 통역을 담당했다.

> 66
> 멘토는 자신이 정하지 못한 삶의 방식에 답을 제시해준다.
> 성취에 대한 동기를 주고,
> 더 나은 사람으로 발전하도록 도와준다.
> 우리는 그런 멘토의 격려에 힘입어
> 더 나은 사람이 되려고 노력하게 된다.
> 99

바흐를 연주하는 냉철한 수상,
헬무트 쉬미트

리하르트 폰 바이체커Richard von Weizsäcker 전 대통령과 헬무트 쉬미트Helmut Schmidt 전 수상은 독일에서 가장 존경받는 인물인 동시에 독일의 '현인 20명'에 속한 인물이기도 하다. 두 사람은 정치 일선에서 물러났지만, 지금도 독일 사회에 막강한 영향력을 발휘하고 있다.

'현인 20명'은 독일의 명망 있는 정치사회 지도자들로 구성된 원로 그룹이다. 폰 바이체커, 헬무트 쉬미트를 비롯해《디 차이트》공동발행인이었던 마리온 그래핀 된호프와 겐셔 전 외무장관 등이 이 그룹에 속해 있다.

이들은 '수요회'라는 이름으로 한 달에 한 번, 폰 바이체커 전 대통령 사무실에 모여 독일 사회의 현안에 대해 토론한다. 수요회 토론을 통해 나오는 의견은 독일의 국가 정책에 반영될 정도로 영향력을 가진다.

그렇게 절대적인 인물들이기에, 예나 지금이나 독일을 방문하는 외국의 정치가들은 앞 다투어 헬무트 쉬미트나 폰 바이체커를 만나고 싶어 한다. 하지만 만날 시간을 정하는 것 자체가 힘들고, 약속했다고 해도 '10분만'이라는 단서가 달리기 일쑤였다. 냉정하고 직설적인 헬무트 쉬미트나 온화하지만 쉽게 다가갈 수 없는 권위를 가진 폰 바이체커, 두 사람 모두 인연을 맺기엔 쉽지 않은 인물들이었다.

헬무트 쉬미트가 수상으로 재직한 1974~82년 독일은 국내외적으로 매우 어려운 시기에 놓여 있었다. 외부적으로는 소련 핵미사일 위협과 제1차 석유파동을 겪고 있었고, 내부적으로는 테러 집단인 적군파의 위협에 시달리고 있었다.

극좌파인 적군파는 독일 검찰총장과 경제인협회 회장 등 저명인사를 30명 이상 납치해 살해했다. 정치적 신념과 원칙이 강한 헬무트 쉬미트는 수상으로서 뿐 아니라 개인적으로도 시련을 겪어야 했다.

납치된 경제인협회 회장은 헬무트 쉬미트의 친구였다. 적군파들은 수상의 친구를 인질로 삼아 협상을 요구했다. 적군파는 '나는 민족 반역자다'라는 푯말을 목에 건 경제인협회 회장의 모습을 공개하며 수상을 압박했지만, 쉬미트는 적군파와의 협상에 응하지 않았다.

결국 경제인협회 회장은 적군파에 의해 살해되고 말았다. 정치적 책임과 원칙이 우선이었던 쉬미트는, 친구의 장례식에 참석해 그의 아내에게 친구를 지키지 못한 것에 대해 사죄를 했다.

1977년 적군파가 루프트한자 항공기를 납치했을 때도 쉬미트는 정치적 원칙을 지켰다. 승객 91명이 탑승한 루프트한자 항공기를 납치한 적군파들이 감옥에 갇힌 동료들의 석방을 요구했지만, 그는 이때도 협상에 응하지 않았다. 오히려 특공대를 소말리아 모가디슈 공항으로 보내 인질범 진압을 명령했다.

그 유명한 루프트한자 항공기 납치 사건은 승객과 승무원 전원이 구출되고 인질범 4명 중 3명은 사살, 1명은 부상한 채 체포된 것으로 종결되었다. 만약 특공대 투입으로 승객이 사망할 경우 쉬미트 자신은 수상직에서 물러날 각오를 한 작전이었다.

헬무트 쉬미트 전 수상과의 첫 만남은 1998년 12월 1일, 함부르크에 있는《디 차이트》사무실에서 이루어졌다. 당시 그는《디 차이트》공동발행인이었다.

그해 봄 주 독일 대사관에 부임한 신임 대사는 쉬미트 전 수상의 예방을 희망하고 있었다. 그러나 쉬미트 수상은 끊이지 않는 외부 인사의 면담 요청에 대해, 자신은 현직에 있지 않고 여러 가지 일들로 바쁘다는 이유를 들어 시간을 잘 내주지 않았다.

나는 그동안 친하게 지냈던 쉬미트 전 수상의 보좌관을 통해 가까스로 대사의 예방 일정을 잡을 수 있었다. 쉬미트 전 수상이 정한 약속 장소는《디 차이트》사무실. 주어진 시간은 단 10분이었다.

대사와 비행기를 타고 함부르크로 가는 내내, 머릿속에는 '어떻게 하면 면담 시간을 늘릴까?' 하는 생각뿐이었다. 본에서 비행기까지 타고 함부르크에 가는데 단 10분 동안 얼굴만 보고 나올 수는 없는 노릇이었다.

쉬미트 전 수상은 영어를 완벽하게 구사해 우리 대사와 직접 대화가 가능한 상황이었지만, 나는 대사에게 일부러 한국어로 말을 건네도록 하고 통역을 자청했다. 그리고 쉬미트 수상과 인사를 나눌 때 이렇게 말했다.

"독일에서 공부했던 1970년대, 나는 독일 정치에 문외한인 외국 학생이었지만 당시 독일이 직면한 수많은 위기상황을 피부로 느낄 수 있었습니다. 그때 수상의 고뇌에 찬 모습을 뉴스에서만 보았는데, 이렇게 직접 만나 뵙게 돼 영광입니다."

냉정하게 보였던 쉬미트 전 수상의 눈빛이 변하며 대화가 시작됐다. 그는 분단국가의 수상을 지낸 사람답게 남북한 관계에 대한 깊은 이해와 통찰력을 가지고 있었다. 우리나라에 대해서도 깊은 관심을 표명했다.

당초 10분으로 약속되었던 면담은 1시간이 지나서야 끝이 났다. 처음 사무실에 들어설 때의 낯선 긴장은 사라지고, 자리에서 일어나는 우리 대사와 쉬미트 전 수상의 얼굴은 모두 흡족한 표정이었다.

헤어지기 전 그에게 건강을 기원하는 인사를 건넸을 때, 그는 위트 넘치는 응답으로 인상적인 말을 했다.

"늙으면서 건강이 나빠지는 것을 첫 단계에서는 본인만 알고 남들은 못 느끼지만, 두 번째 단계에서는 본인도 알고 남들도 알게 되며, 마지막 단계에서는 본인은 못 느끼고 남들은 알게 된답니다."

그는 아흔을 훌쩍 넘기고서도 여전히 왕성한 활동을 하고 있다. 현재의 경제위기에서 벗어날 해법을 '라인 강의 기적'을 이룬 원로들의 경험에서 찾으려는 독일 언론의 인터뷰 요청이 잇따르면서 언론 매체에서 그의 모습을 자주 보게 된다.

30여 권에 이르는 그의 저서는 경제장관과 재무장관을 지낸 그의 경력과 무관한 주제(인간관계 등)를 다룬 것들로 대부분 베스트셀러가 되었다. 또 2008년 아흔 번째 생일을 앞두고 '헬무트 쉬미트, 바흐를 연주하다'라는 제목으로 DVD를 제작하기도 했다. 여러모로 흥미로운 인물이 아닐 수 없다.

격의 없는 대통령,
리하르트 폰 바이체커

폰 바이체커 전 독일 대통령은 내가 오랫동안 존경해온 인물이다. 폰 바이체커의 집안은, 할아버지는 주 총리와 슈투트가르트 대학의 총장을 역임했고 아버지 역시 대사와 외무차관을 지낸 독일의 귀족 명문가다. 그의 집안을 다룬 책《디 바이체커스Die Weizsäckers》는 내가 독일에서 강의할 때 감명 깊게 읽은 책 중 하나였다.

그런데 외무부에 정식 발령을 받기도 전, 내게 주어진 첫 임무가 그의 곁에서 통역하는 일이었으니, 그때 느낀 감동은 말로 설명할 수 없었다.

당시 우리 외무부·통일부 장관과의 면담을 시작으로 몇 차례의 통역을 지켜본 그는 나를 몹시 마음에 들어 했다. 국회의장 초청 오찬에서 다시 통역을 할 때는 나에 대해 이것저것 물으며 관심을 표명했다.

오찬이 거의 끝나갈 무렵, 나는 조심스레 입을 열었다.

"제가 감히 드릴 말씀이 있습니다."

그렇게 말을 꺼낸 다음, 마음속에 담아 두었던 이야기를 이어갔다.

"제가 쾰른 대학에서 강의할 때 《디 바이체커스》를 정말 감명 깊게 읽었습니다. 그리고 외교관이 되어 처음 맡은 임무가 폰 바이체커 대통령 곁에서 통역하는 일인 것을 매우 영광스럽게 생각합니다."

그는 환하게 웃는 얼굴로 내 손을 잡고 악수하며 말했다.

"오늘 돌아가서 아내에게 당신 이야기를 하겠습니다."

서양 사람들이 "아내에게 이야기를 하겠다"고 말하는 것은, 의미가 각별한 표현이다. 그들은 밖에서 아주 좋은 일이 있었거나 자신만 알기에는 아까운 이야기가 있을 때 이 같은 표현을 쓴다. 내겐 그 이상의 찬사가 있을 수 없었다.

그 후 그는 연말이나 중요한 일이 있을 때면 내게 친필 카드를 보내 때론 안부를 전하고, 때론 축하를 나누었다. 언제 어느 자리에서 만나도 따뜻하게 웃는 얼굴로 인사를 건네며 친근감을 표시하는 걸 잊지 않았다.

폰 바이체커 전 대통령과는 여러 번 만날 기회가 있었지만 그중에서도 특별한 기억으로 남은 만남이 있다.

공사로 재직하던 때, 전 세계 현인 100명 이상이 한자리에 모이는 '전직 정부 수반 회의'가 베를린에서 개최된 적이 있다. 그 행사에 각국 대사들이 초청됐는데 나는 우리 대사의 대리로 참석하게 되었다. 덕분에 뉴스에서나 보던 세계적 정치 지도자들을 한자리에서 직접 보는 '꿈같은' 경험을 할 수 있었다.

행사가 끝나고 여러 사람들과 인사를 나누었다. 물론 폰 바이체커 대통령과도 반가운 악수를 했다. 그런데 나중에 남편으로부터 놀라운 이야기를 들었다. 내가 다른 사람들과 대화를 나누고 인사를 하는 사이, 폰 바이체커 대통령이 내 뒤에서 10분 이상을 기다렸다는 것이다. 내가 몸을 돌려 그를 발견하고 악수를 나누었을 때, 그는 별다른 기색 없이 온화하게 웃는 얼굴이었는데…….

대통령이면서도 사람들을 격의 없이 편하게 대하는 모습에 감탄하지 않을 수 없었다. 권위란 스스로 만드는 것이 아니라, 다른 사람들이 그것을 인정하도록 만드는 것이라는 걸 다시 한 번 생각하게 됐다.

세계 정치외교의 중심에 선 그들은 내겐 까마득히 우러러보이는 존재들이었다.

어쩌면 그들과의 만남은 아주 짧은 인연으로 끝날 수도 있었다. 그 짧은 만남을 긴 인연으로 만들 수 있었던 것은, 상대에 대한 내 진심을 전할 기회를 놓치지 않았기 때문이다.

냉철한 헬무트 쉬미트 전 수상의 마음을 열 수 있었던 것은, 그의 정치적 시련기를 기억하는 나의 관심 때문이었다. 그가 보았을 땐 조그만 동양 여성 외교관이 오래전 정치적 시련 앞에 고뇌했던 자신의 모습을 기억한다는 게, 진정한 관심과 존경으로 느껴졌을 것이다. 폰 바이체커 전 대통령 역시 마찬가지다. 자신의 가족사까지 알고 있다는 이방인 여성에게 눈길을 돌리지 않을 수 없었을 것이다.

'높은 위치'의 그들에게 더 가까이 다가갈 수 있던 것은 '인간적 접근' 덕분이다. 대통령이나 대기업 총수나, 그들이 있는 높은 위치는 일반인과의 거리를 의미한다. 그래서 그들에겐 거창한 이야기보다 개인적 관심과 감성을 터치하는 대화 한마디가 더 크게 어필하는 것이다.

나는 적절한 기회에 내 진심을 공손하게, 그러나 당당하게 전달했다. 그것이 그들의 마음을 움직였을 것이라 생각한다.

또 하나, 최고 위치에 있는 그들에게 인정받기 위한 필수 요소는 '실력'이다. 나의 경우 독일의 지식인들이 구사하는 격 있는 독일어 실력을 갖춘 것이 도움이 되었다. 그러나 그 실력에만 의존한 것은 아니다. 완벽하게 통역할 수 있도록 꼼꼼한 사전 준비를 빠뜨리지 않았다. 최고 자리에 있는 사람들은 '실력을 갖춘 사람'에게 더 각별한 관심을 가진다는 점을 기억해두길 바란다.

운 좋게도 나는 존경하는 인물들과 좋은 인간관계를 만드는 기회를 얻었다. 누구나 자신에게 찾아오는 기회를 놓치지 않는다면, 좋은 인간관계를 통해 풍요롭고 빛나는 삶을 살 수 있을 것이다. 글로벌 사회라는 거칠고 막막한 바다에서 긴 항해를 함께해가는 좋은 멘토Mentor를 많이 두는 것은 최고의 재산을 얻는 것이다.

거친 인생항로를 밝혀줄 멘토를 찾아라 03

정신적 의지처,
쉬람 박사

헤버르트 쉬람Herbert Schramm 박사.

쉬람 박사는 나의 스승이며, 정신적 의지처이고, 지도자인 멘토다. 그분이 돌아가셨을 때, 나는 친아버지를 잃은 것 이상으로 슬펐다. 쉬람 박사는 독실한 가톨릭 신자로 여덟 명의 자녀를 둔 분이다. 그럼에도 쉬람 박사 부부는 늘 "영희는 아홉 번째 우리 아이"라고 말씀하실 정도로 나를 아끼셨다.

그분은 피 대신 정신을 나눈 나의 또 다른 아버지였다.

쉬람 박사는 베를린 출신으로 쾰른 대학 예비학교의 교장이셨다. 나는 그분으로부터 독일 문학 강의를 들었다.

어느 날 그분의 강의 시간에 '지금까지 자신이 살아온 것을 에세이로 쓰라'는 과제가 주어졌다. 예비학교에는 세계 각국의 학생들이 모여 있었고, 그들의 경험도 각양각색이었다. 평범한 유학생이 있는가 하면, 아프리카 난민으로 독일에 온 학생도 있었다. 나는 한국에서 머나먼 독일에까지 오게 된 계기와 간호보조원 생활의 경험, 그리고 쾰른 대학 예비학교에 오기까지의 과정을 담담하게 써내려갔다.

그 에세이가 쉬람 박사의 눈에 띄었던 것이다. 그분은 칭찬과 격려를 아끼지 않으셨다.

"너는 그토록 어렵게 살아왔는데, 어떻게 늘 웃는 얼굴이니?"

그때부터 쉬람 박사는 자주 당신의 집으로 나를 초대하셨다. 박사님 댁은 쾰른에서 좀 떨어진 레버쿠젠Leverkusen에 있었다. 차가 없는 나를 배려해 꼭 데리러 오고 식사가 끝난 다음에는 다시 기숙사까지 데려다주는 모습을 보며, 사람을 배려한다는 게 어떤 것인지를 배웠다.

쉬람 박사의 집은 서재뿐만이 아니라 복도와 지하에 이르기까지, 수만 권의 책이 있는 도서관 같은 곳이었다. 내가 필요로 하는 책이 있으면 찾아주고, 어떤 것을 질문해도 술술 답을 이야기할 정도로 박식한 분이셨다.

내가 진정으로 그분을 존경한 이유는 해박한 지식 때문만이 아니다. 그분에게서 가장 돋보였던, 그리고 진정으로 배우고 싶었던 것은 '인간에 대한 배려', 특히 '약자에 대한 배려'였다. 그분은 그것을 몸소 실천하셨다.

쉬람 박사의 집에서 열리는 파티에는 항상 다양한 사람들이 모였다. 나처럼 가난한 외국인 학생, 예전에 아기 돌보는 일을 하던 사람, 집안일을 돌봐주던 아주머니……. 쉬람 박사는 자신이 덕을 볼 사람이 아닌, 베풀어야 할 사람들을 먼저 챙기셨다. 또 사회적 문제가 있는 사람들을 돕는 단체나 아프리카를 돕는 일에 아낌없이 후원금을 내놓기도 하셨다.

2009년 대학에서 '다문화'에 대한 교양 강의를 하면서 또 박사님을 생각했다. 그분의 가르침은 사회 기득권층을 위해서가 아니라, 자기가 속한 사회의 약자를 위해 배려하고 베풀라는 것이었는데……. 지금 우리 사회에는 100만 명이 넘는 외국인이 생활하고 있다는데, 우리는 그들을 배려하고 있다고 할 수 있을까?

그분은 살아서도 나의 스승이었고, 돌아가신 뒤에도 내게 지속적인 가르침을 주는 정신적 스승이다.

1986년 봄, 한국의 대학에서 강의 자리를 얻는 데 실패하고 독일로 돌아갔을 때, 쉬람 박사는 크게 상심해하셨다. 내가 독일로 돌아오리라고는 생각도 못하셨던 것이다. 외국에서 어렵게 공부한 내가, 태어난 조국에서 인정받지 못한 것을 가슴 아파하셨다.

"너같이 똑똑한 사람에게 기회를 주지 않다니……."

그분의 추천으로 나는 쾰른 대학교 교육학과에서 강의를 맡을 수 있었다. 그리고 외교관이 되기 전까지 4년간 전공과목을 강의했다.

그때 쉬람 박사는 존재만으로도 힘이 되는 분이었다. 실망한 나에게 그저 "괜찮다"고 위로를 해준 것이 아니라, "너는 뛰어난 사람이기 때문에 실망할 필요가 없다"고 격려해주셨다. 내가 가장 힘들고 좌절하는 상황에 든든한 나의 버팀목이 되어주셨던 것이다.

멘토는 자신이 정하지 못한 삶의 방식에 답을 제시해준다. 성취에 대한 동기를 주고, 더 나은 사람으로 발전하도록 도와준다. 우리는 그런 멘토의 격려에 힘입어 더 나은 사람이 되려고 노력하게 된다.

몇 년 전부터 한국에서도 '멘토'의 필요성에 대한 붐이 일며 관련 서적이 출간되고, 직장이나 학교에서도 멘토 제도를 시행하는 곳이 많아졌다.

특히 남성에 비해 직장이나 사회에서 다양한 정보나 인적관계를 맺지 못하는 여성들은, 같은 업종에 먼저 진출한 여성 선배를 멘토로 두면 많은 조언과 도움을 받을 수 있다. 기억할 점은, 훌륭한 선배나 선생님이 먼저 다가와 멘토를 자청하지 않는다는 사실이다. 배울 것이 있다고 느끼는 사람이 있다면, 자신이 적극적으로 다가가 멘토가 되어주기를 청해야 한다.

그럼, 멘토로부터 어떤 가르침을 얻을 것인가? 경력 관리나 영업 기술을 가르쳐주는 선배의 경험도 훌륭하지만, 그보다는 길고 험한 인생의 길에 조언을 주는 정신적 조력자로 함께할 것을 권한다.

세상을 바꾼 여성들,
올브라이트와 그래핀 된호프

내게는 깊은 감명과 영향을 준 세 명의 여성이 있다. 매들린 올브
라이트Madeleine Albright(1937~), 마리온 그래핀 된호프Marion Gräfin
Dönhoff(1909~2002), 아얀 히어시 알리Ayaan Hirsi Ali(1969~)로, 이들
은 각자 영역은 물론 삶의 시대적 배경과 출신 국가도 다르다. 그러
나 다른 연령, 다른 문화 속에서 살아간 이 세 사람을 묶는 몇 가지
공통점이 있다.

이들은 자신의 신념과 가치를 지키기 위해 초인적 삶을 살았다.
또 이들 모두가 자신의 고향을 떠나야만 하는 순탄치 못한 삶을 살
았지만, 그 역경을 꿋꿋하게 이겨냈다는 것도 닮아 있다.

이 세 사람의 전기는, 내가 감명 깊게 읽은 책의 목록 맨 윗부분을
차지하는 책이기도 하다. 이들의 이야기를 읽노라면, 나도 더 가치
있고 신념을 포기하지 않는 삶을 살아야 한다는 의지를 다지게 된다.

올브라이트는 미국 최초의 여성 국무장관으로 국내에도 잘 알려진 인물이지만, 마리온 그래핀 된호프나 아얀 히어시 알리는 그다지 많이 알려지지 않았다. 이들의 삶을 원고지 몇 장으로 정리한다는 건 어찌 보면 무모한 일이다. 그러나 세 여성의 남달랐던 인생과 그들의 신념, 의지를 더 많은 사람과 공유하고 싶어 짧게나마 그들의 삶을 전해보려 한다.

매들린 올브라이트와 마리온 그래핀 된호프는 각기 다른 나라에서 다른 배경을 가지고 태어났다. 그러나 두 사람 모두 1차 세계대전과 2차 세계대전이라는 시대의 소용돌이 속에 자신의 삶을 던져야 했던 험난한 인생을 살았다.

올브라이트는 체코의 민주화 인사였던 아버지 덕분에 어린 시절부터 국제정치의 격랑을 경험하며 성장했다. 1938년 체코의 일부가 독일에 합병되며 히틀러 영향권에 들어갔을 때, 그의 가족은 영국으로 망명해 그곳에서 생활했다. 2차 세계대전 후인 1945년에는 체코로 돌아가 아버지가 주 유고슬라비아 대사로 임명됐지만, 1948년 체코가 공산화되면서 그녀의 아버지는 결국 대사직에서 물러나게 됐다. 민주투사였던 아버지는 공산화된 조국으로 돌아가는 것을 포기하고 가족과 함께 미국 망명을 결행하게 된다.

올브라이트는 덴버에서 고등학교까지 다닌 후, 미국 여성 명문대학인 웰슬리 대학Wellesley College에 전 학년 장학금을 받고 입학했다. 성적은 타의 추종을 불허할 만큼 뛰어났지만, 체코식 영어 발음에 가난한 이민 가정의 딸인 그녀는 미국의 부잣집 딸들이 모인 웰슬리 대학에서 놀림거리가 되고 편견에 시달려야 했다.

그녀의 인생 도전은 뒤늦은 나이에 시작되었다. 1959년 미국의 명망가 아들인 올브라이트Joseph Medill Patterson Albright와 결혼한 그녀는, 1967년 셋째 딸을 낳은 후 컬럼비아 대학에서 다시 공부를 시작했다. 1976년 박사학위를 받았을 때, 그녀는 39세였고 세 딸을 둔 어머니였다.

컬럼비아 대학원에서 국제관계 강의를 했던 브레진스키Brzezinski 교수가 지미 카터Jimmy Carter 대통령의 안보보좌관이 되고, 올브라이트는 그 팀의 일원으로 1978년 백악관에서 근무를 시작하게 된다. 처음 공직 생활을 시작한 때가 나이 마흔을 넘긴 뒤였다.

그러나 여성으로서 그녀의 삶은 행복하지 않았다. 1982년 남편의 이혼 요구로 1년 후 결혼 생활은 파경을 맞고 말았다. 이혼을 막으려는 올브라이트 자신과 세 딸의 노력도 부질없는 일이었다. 그 고통스러운 상황에서도 올브라이트는 워싱턴의 조지타운 대학에서 국제관계에 대한 강의를 시작하고, 민주당 당원으로서 적극적으로 대통령 선거운동에 참여했다.

올브라이트와 콘돌리자 라이스Condoleezza Rice 사이에는 흥미로운 에피소드가 있다.

올브라이트의 아버지는 미국에 망명한 후, 우여곡절 끝에 덴버 대학에서 정치학 강의를 했는데, 그때의 수제자 중 한 명이 나중에 미국 국무장관을 역임한 콘돌리자 라이스였다.

민주당 당원으로서 대통령후보 선거운동을 하고 있던 올브라이트는 콘돌리자 라이스에게 전화를 걸어 함께 참여해줄 것을 요청했다. 그러나 콘돌리자는 "나는 공화당을 지지한다"며 올브라이트의 요청을 거절했다. 그때 올브라이트는 이렇게 말했다고 한다.

"우리는 같은 아버지 아래서 자랐는데, 어떻게 이렇게 다를 수가 있나?"

올브라이트는 회고록에서 자신의 인생에서 가장 큰 영향을 미친 사람도, 자신이 가장 존경하는 사람도 자신의 '아버지'라고 밝혔다. 그런 아버지의 수제자였던 콘돌리자 라이스였기에, 여실히 다른 정치적 신념에 대한 올브라이트의 탄식은 더 긴 여운을 남겼는지도 모른다.

올브라이트는 1993년 민주당 출신 클린턴Clinton 대통령이 취임한 후 주 유엔 미국 대사로 임명되어 이스라엘과 팔레스타인, 내전이 심각했던 유고슬라비아, 전쟁과 기아에 허덕이는 아프리카 르완다 등 전 세계 분쟁 지역을 누비며 열정적인 외교를 펼쳤다. 그리고 재선에서 승리한 클린턴 대통령에 의해 1997년 1월 23일 미국 역사상 최초로 여성 국무장관에 취임했다.

가난한 체코 이민 가정의 딸에서 미국 최초의 여성 국무장관에 이르기까지, 그녀는 자신 앞에 매순간 펼쳐지는 도전의 삶을 멋지게 살아냈다.

마리온 그래핀 된호프는 귀족의 딸로 태어났지만, 인간으로서는 상상하기 어려운 역경을 이겨낸 인물이다.

마리온은 독일 프로이센 왕국 시절인 1909년, 동프로이센(현재는 러시아 영토)의 된호프 백작 가문에서 7남매 중 막내딸로 태어났다. 아버지는 외교관으로 국회의원을 역임했고 어머니 역시 귀족 출신으로, 마리온 형제들은 엄격한 궁중식 교육을 받으며 성장했다.

1928년 고등학교를 졸업할 당시, 그녀는 아비투어Abitur(독일 대학 입학 자격증)를 받은 유일한 여성이었다. 마리온은 당시 귀족의 딸들이 거치는 필수 코스인 스위스 여성학교를 마치고 프랑크푸르트 대학에서 경제학을 공부했다.

평탄했던 마리온의 인생에 격랑이 몰아닥친 것은 1933년 히틀러가 집권을 하면서부터였다. 히틀러의 오스트리아 합병, 체코 일부 합병, 그리고 1939년 폴란드 침공은 전 유럽을 전쟁의 도가니로 몰아넣었다. 마리온의 형제들은 모두 전쟁에 차출되고, 그녀는 가문의 영토와 농장을 관리하기 위해 고향으로 돌아가야 했다. 그러나 농장 관리는 공식적인 명분이었고, 그녀는 히틀러에 항거하는 비밀단체 회원으로 스위스를 경유한 대외활동에 참여하고 있었다.

전쟁이 한창이던 1944년 7월 20일, 육군 대령인 쉬타우펜베르크Stauffenberg 백작의 히틀러 암살 작전이 발생하며(우리나라에서도 개봉되었던 영화 〈작전명 발키리〉의 실제 모델이 된 사건) 반나치활동을 해온 마리온 역시 게슈타포에 체포되어 쾨니히스베르크로 끌려가 조사를 받게 된다.

그녀는 히틀러 암살 시도가 미수로 돌아갔다는 소식을 접하자마자 바로 자신이 가지고 있던 증거 서류들을 모두 소각해 없애버렸기 때문에 처형을 모면할 수 있었다. 그러나 그 사건으로 마리온은 사촌 등 많은 친지들과 친구들이 처형당하는 모습을 봐야만 했다.

2차 세계대전 막바지, 히틀러는 모든 전선에서 패색이 짙은 상황에서도 '동쪽을 사수하라'는 명령과 함께 동프로이센을 떠나려는 피난민들을 떠나지 못하도록 위협하고 있었다. 주민들은 러시아 군대가 동프로이센에 도달한 후에야 한꺼번에 떠나는 상황이 되어 그야말로 아비규환이었다.

마리온 역시 러시아 군대가 바로 눈앞에 도달한 1945년 1월 24일 밤 탈출길에 오른다. 끝까지 지키려 애썼던 농장, 700여 년간 이어져온 가문의 모든 재산과 소장품을 뒤로하고 작은 가방 하나만 짊어진 채 말을 타고 서쪽으로 향했다. 영하 20~25℃의 매서운 추위 속에서 수레와 말, 그리고 걸어서 서쪽으로 향하는 수백만의 인파 속에는 동사한 시체가 즐비했다.

견디기 힘든 혹한과 싸우며 약 두 달 후 마리온이 서독 베스트팔렌 지역 빈세벡Vinsebeck에 있는 친척집에 도착했을 때는 계절이 바뀌어 봄이었다.

서독에서 마리온은 《디 차이트》에 입사해 1968년 편집국장, 1972년 발행인까지 역임했고, 1982년 헬무트 쉬미트 수상이 수상직에서 물러난 후에는 두 사람이 이 시사지의 공동발행인이 되었다.

마리온은 평생 독일의 저명한 언론인으로, 또 평화 수호자로 적극적으로 활약했다. 자신이 실향민이고 전쟁의 처절함을 겪었기에, 다시는 전쟁이 일어나서는 안 된다는 신념을 가지고 있었다. 또 유럽의 평화를 위해 동서냉전 극복과 화해정책을 적극적으로 지지하기도 했다. 그는 20여 권의 저서를 집필하고 22개의 국내외 평화상을 수상했다.

그녀는 평생 독신으로 지내다 2002년 3월 11일 제2의 고향인 함부르크에서 향년 92세로 세상을 떠났다. 그녀가 영면했을 때 독일의 언론은 '위대한 독일인, 위대한 유럽인이 세상을 떠났다'며 애도를 표했다.

이슬람 여성 해방 투사,
아얀 히어시 알리

아얀 히어시 알리는 올브라이트나 그래핀 된호프에 비하면 젊은 나이지만, 그녀의 40년 인생은 충격적이다.

아얀은 1969년 11월 13일 3남매 중 첫째 딸로 태어났으며, 아버지는 혁명가이면서 정치투사다. 아얀이 태어난 소말리아 모가디슈는 지금도 여성에게 할례가 이루어지는 철저한 이슬람사회다. 이슬람 전통을 고수하는 어머니는 아버지가 감옥에 간 사이, 이웃 할아버지를 불러다 아얀의 생식기 일부를 강제로 잘라버렸다. 이 일은 아얀에게 평생 트라우마가 되며 이슬람의 여성차별에 대한 증오감, 추후 그가 이슬람 여성차별 문화에 대한 투쟁가가 되는 불씨가 되었다.

아얀의 가족은 혁명가인 아버지 때문에 소말리아를 떠나 사우디아라비아와 에티오피아에서 생활하다 마지막으로 케냐에 정착하게 된다.

어머니는 자신 역시 극심한 남녀차별에 시달리면서도, 딸에게 이슬람 전통을 강요했다. 어머니는 이슬람 교리를 가르치는 남자를 집으로 초청해 아이들에게 교리 수업을 받도록 했다. 아얀이 이슬람에 비판적인 질문을 했다는 이유로 격분한 선생이 그녀를 심하게 구타하는 바람에 병원으로 실려 가 뇌수술까지 받아야 했지만 어머니의 이슬람 교리 강요는 멈추지 않았다. 어머니는 고집 세고 강한 성격인 아얀을 구타하고, 학교에 갈 수 없을 정도로 집안일을 시키기까지 했다.

온갖 어려움 속에서 나이로비에서 학교를 졸업하고 유엔 산하 기구에 비서로 취직했지만, 아버지는 집안의 생계유지를 위해 그녀를 캐나다에 사는 소말리아 청년에게 시집보내기로 결정한다. 그러나 이런 아버지의 결정은 그녀의 인생을 바꿔놓는 계기가 되었다. 1992년 여름 결혼을 위해 캐나다로 가려던 아얀은 비자를 받지 못하는 바람에 독일 프랑크푸르트로 보내졌고, 그곳에서 유럽 망명을 결심하게 됐던 것이다.

네덜란드로 망명한 아얀은 청소부부터 시작해 온갖 고생을 하며 라이덴Leiden 대학에서 정치학을 공부했다. 대학 졸업 후 정치연구소에서 근무하면서 네덜란드 신문에 이슬람 문화권의 이중성과 여성차별에 대한 비판적 기고를 하고, 미국에서 2001년 9·11사태가 발생한 후에는 공식적으로 이슬람에서 벗어나 자신이 아테이스트임을 선언했다. 그때부터 이슬람 과격분자들의 살해 경고가 그녀를 따라다녔다.

그녀가 2003년에 네덜란드 국회의원으로 당선, 영향력이 커질수록 과격분자들의 살해 위협도 심해졌다. 아얀이 쓴 이슬람의 여성

폄하 소설을 영화로 만든 네덜란드의 유명한 영화 제작자 반 고흐 Van Gogh가 2004년 11월 2일 암스테르담의 번화가에서 자전거를 타고 출근하다가 살해되었다. 그의 가슴에는 아얀에게 보내는 이슬람 단체의 경고 편지가 칼로 꽂혀 있었다.

아얀은 네덜란드 정부의 신변보호를 받으며 매일 거주지를 옮겨 다녀야 했다. 어느 날은 '빨리 피해야 한다'는 신변보호 요원들의 말에 가방 하나만 들고 나섰다가 미국으로 보내져, 몇 달 동안 외부와 완전히 격리된 생활을 하기도 했다. 그럼에도 그녀는 "나의 뜻을 전하기 위해 글 쓰는 일을 멈추지 않겠다"고 했다.

2005년 말《타임》지는 아얀을 '세계의 영향력 있는 인사 100명' 명단에 포함시켰다. 그녀는 지금도 여전히 이슬람 측의 살해 위협을 받으며 네덜란드의 비밀 장소에서 연구활동을 계속하고 있다.

마리온 그래핀 된호프는 귀족의 딸로 풍족한 삶을 살았던 사람이다. 그는 어린 시절 프리드리히쉬타인Friedrichstein 성에서 수십 명의 하녀들로부터 시중을 받고, 가정교사에게서 독일어와 불어를 배우며 안락한 삶을 살았다. 그런 그가 혈혈단신 난민으로서 어려움을 극복하고, 동서냉전의 종식과 평화를 지키는 일에 평생을 바쳤다는 사실은 순수한 인간의 위대함을 느끼게 한다.

아얀 히어시 알리의 경우, 그녀가 이슬람 여성으로 경험한 삶은 비극적인 것이었다. 여느 사람 같으면 분노하면서도 어쩔 수 없는 운명이라며 포기한 채 살았을지도 모른다. 그러나 그녀는 자신의 운명 앞에 주저앉지 않았다.

아얀의 여동생은 언니가 있던 네덜란드 난민수용소를 찾아왔었지만, 유럽문화에 적응하지 못하고 그만 정신병에 걸리고 말았다. 다시 케냐로 돌아간 여동생은 그곳 생활에도 적응하지 못하고 정신병 치료도 받지 못한 채 죽어야 했다. 같은 환경에서 닮은꼴 운명을 가지고 태어났지만, 동생은 정신병으로 죽고 언니는 자신의 운명을 넘어 세계적 인물이 된 것이다.

아얀과 올브라이트는 고향을 떠난 정치 망명자라는 한계를 넘어 자신만의 도전을 이루어냈다는 점에서 공통점을 가진다. 올브라이트는 미국사회의 이방인으로 스무 살이 넘어서야 시민권을 취득했음에도 미국 최초의 여성 국무장관에까지 올랐다.

아얀의 삶은 인종과 관습, 국가를 넘어선 성취였다. 흑인 아프리카 여성의 이런 도전은 다른 나라에서는 쉽게 허락되지 못했을 것이다. '네덜란드'라는 다문화 공존의 세계가 있었기에 그녀는 한계를 넘는 도전을 할 수 있었다. 이것 또한 저력을 느끼는 부분이다.

마리온과 올브라이트, 아얀은 일반인으로서는 상상도 할 수 없는 초인적 삶을 산 사람들이다. 그들은 자신을 가로막는 고통과 한계를 피하지 않고 온몸으로 부딪히며 살아냈다. 그리고 정의를 위해, 평화를 위해 자신의 인생을 바쳤다.

평소 자신밖에 모르는 지극히 평범한 우리들에게 이들이 주는 메시지는 큰 울림이 된다. '자기만 생각하는 삶은 살지 마라', '인생, 쉬운 길로만 가려고 하지 마라'…… 그들의 소리가 들리는 듯하다.

내가 진정으로 쉬람 박사를 존경하는 이유는
해박한 지식 때문만이 아니다.
그분에게서 가장 돋보였던, 그리고 진정으로
배우고 싶었던 것은 '인간에 대한 배려',
특히 '약자에 대한 배려'였다.
그분은 그것을 몸소 실천하셨다.

쉬람 박사는 자신이 덕을 볼 사람이 아닌,
베풀어야 할 사람들을 먼저 챙기셨다.

퀼른 대학에서 박사학위를 받던 날,
은사인 쉬람 박사 부부와 함께 기념 촬영을 했다.

Part 6

Success

20년 뒤
후회하지 않을
삶을 살아라

주 독일 대사관 관저에서 올린 결혼식.
쾰른 음대 후배들의 연주에 맞춰 식장인 정원으로 이동!

"

나는 20대들이 '사랑'에 대해 깊이 생각해보기를 바란다.
사람은 죽는 날까지 사랑을 꿈꾸지만,
20대의 사랑만큼 순수에 찬 열정은 없다.
그때 경험이 자신을 성장시키기도 하고,
사람들과의 관계 맺기에 오래도록 영향을 미치기도 한다.

"

글로벌 인재는
인격으로 완성된다

국제사회에서 일하다 보면 정말 똑똑한 사람들을 많이 본다. 평범한 내 머리에서는 도무지 나올 수 없는 생각을 하는 사람들을 보면 부럽기 그지없다. 그들은 많은 지식을 가진 상태에 머무는 것이 아니라, 그 지식기반 위에서 새로운 것을 창조해낸다. 이런 사람이 진정한 '21세기형 글로벌 인재'다.

자유롭고 창의적인 사고의 바탕은 일찌감치 학교 교육에서부터 시작된다. 선진국에서는 중고등학교도 오후 3, 4시면 수업을 마친다. 그 이후에는 귀가 혹은 방과 후 학교로 이동해 발레, 바이올린, 수영, 태권도 등 다양한 프로그램에 참여한다. 일찍부터 문화와 예술 방면의 소양을 쌓고 폭넓은 생각을 하는 인재로 길러지는 것이다.

학교시험에서 OX나 사지선다 문제는 볼 수 없다. 어려서부터 주관식 문제 해결을 통해 자기 의견이 뚜렷한 사람으로 만들어진다.

또 답이 틀렸다고 무조건 O점 처리하지 않는다. 맞는 답과 틀린 답 두 가지만 있는 것이 아니다. 문제를 푸는 과정에서 인정받으면 부분 점수가 주어진다. 노력한 과정을 인정하는 것이, 오직 결론만 중시하는 우리 방식과 다른 점이다.

선진국 학교나 사회가 다양한 식견을 가진 미래형 인재를 길러내는 동안, 우리는 여전히 일류대학과 일류직장을 목표로 하는 '고득점 인재'의 양산에 머물러 있다. 그래서 우리나라 대학생이나 젊은 이들과 이야기를 해보면 백과사전식 지식에 있어서 만큼은 어느 나라 사람도 따라올 수 없을 정도의 실력을 가지고 있다.

아쉬운 건, 자신이 가진 것을 더 발전시키는 확장력이나 세계를 바라보는 넓은 시각이 부족하다는 점이다. 우리 속담에 '구슬이 서말이라도 꿰어야 보배'라는 말이 있다. 우리 젊은이들은 구슬을 수십 말씩 가지고 있지만, 그걸 꿰어서 빛나는 보석으로 만드는 방법에는 약하다. 글로벌 지식기반 사회는 배운 것만 쓸 줄 아는 사람이 아니라, 자신이 알고 있는 것을 바탕으로 새로운 것을 창출하는 인재를 요구한다.

글로벌 사회는 점점 더 세분화되기 때문에 확실한 자기 분야를 가진 전문가를 필요로 한다. 그러나 '자기 분야만 아는 전문가'는 반기지 않는다. 한 분야의 전문가이면서 다양한 분야에 대한 식견을 가진 사람이 글로벌 인재로 인정받는다. 여러 분야에 대한 관심과 지식은 각기 따로 쓰이는 것이 아니라, 그것끼리 더해져 지식의 융합을 이루어낸다. 지식을 기반으로 한 새로운 창조가 이루어지는 것이다.

영화 〈괴물〉과 〈마더〉를 만든 봉준호 감독은 어려서부터 그림과 음악에 깊은 관심을 가지고 있었다고 한다. 보고 듣는 것뿐만이 아니라 그림 솜씨 또한 상당한 수준이어서, 자신이 원하는 촬영세트를 직접 스케치하기도 했다. 영화 〈마더〉의 촬영세트 스케치를 인터넷에서 본 적이 있는데, 그 정교한 그림 솜씨도 솜씨지만, 촬영세트 안에 그 복잡한 스토리가 완전히 흡수되도록 만드는 계산에 놀라지 않을 수 없었다.

평소 그가 쌓아온 다양한 분야의 지식들이, 영화의 완성도를 높이는 데 밑바탕이 되었을 거란 사실을 쉽게 짐작할 수 있었다.

자신의 전문 분야 외의 것들에 관심을 가져보길 권한다. 영화도 보고, 스포츠도 즐기고, 요리도 해보라. 기회가 된다면 '우리나라 사찰 열 곳 탐방하기' 같은 계획을 세워도 좋을 것 같다. 그것들로부터 얻은 지식과 상상력, 열정이 어떤 일을 하든지 쓰임이 될 것이다.

능력 못지않게 필요한 덕목이 인격이다. 간혹 치열한 경쟁 때문에 잘못된 생각을 가진 사람들을 보게 된다.

'과정보다 결과다.'

'능력만 있으면 인간성은 나빠도 된다.'

심지어 학교나 직장에서도 공부만 잘하면, 실적만 좋으면 중간 과정에서 어떤 문제가 있었든 상관하지 않는다는 식이다. 이건 뭔가 잘못돼도 한참 잘못된 능력지상주의다.

이런 공식은 글로벌 사회에서는 통하지 않는다. 뛰어난 능력을 갖추는 것은 인재의 기본 조건이다. 그러나 인격 없는 실력자는 인정받지 못한다.

글로벌 사회에서는 경쟁도 중요하지만, 그보다는 의견이 다른 사람들과 소통하고 화합하는 것에 더 큰 의미를 둔다. 외교도 마찬가지다. 외교는 이기고 지는 게임을 하는 것이 아니라 서로의 이해관계를 조율해 합의를 도출해내는 게임이다. 그렇기 때문에 글로벌 사회의 인재에게는 '인격'이 중요한 덕목이 된다. 그가 다른 사람들을 어떻게 이해하고 배려하는지, 의견이 다른 사람들과 어떻게 화합하는지, 도덕성과 정직성, 생각의 깊이가 어느 정도인지…… 그런 면들이 모두 더해져 가치 있는 존재로 만들어지는 것이다.

인격은 글로벌 인재를 완성시키는 화룡정점이다. 인격을 갖추지 못한 사람은 글로벌 리더가 될 수 없다. 왜냐하면 다른 사람들이 그를 따르지 않기 때문이다.

자신의 인격은 스스로 만드는 것이다. 그렇다면 어떤 사람이 글로벌 시대에 맞는 인격을 갖춘 사람일까?

첫째, 정직한 사람이다. 정직이 바탕이 되는 신뢰는 개인관계뿐 아니라, 기업 혹은 국가 간 관계에서도 최고의 조건이다. 모든 정보가 열려 있는 글로벌 사회에서 정직은 더욱 큰 비중을 차지한다. 혹시 실수를 한 경우에도 솔직하게 잘못을 인정하는 사람은 관대한 용서를 받거나 새로운 기회를 얻을 수 있다. 실수에 대한 변명, 거짓 핑계는 더 나쁜 상황을 자초하게 된다. 담백할 정도로 정직하기 위해 노력할 것.

둘째, 조금 부족해도 성실한 사람이다. 뛰어난 능력을 가지고 대충하는 사람보다 조금은 부족해도 끝까지 성실하게 하는 사람이 훨씬 낫다. 마라톤 선수 같은 의지와 성실함으로 무장하라. 상관 앞에서만 반짝이는 사람보다는 아무도 보지 않는 곳에서도 자기가 맡은 일을 끝까지 성실히 해내는 사람이 결국 인정받는 것이다.

끝으로 긍정적인 사람이다. 말끝마다 '안 되는 이유를 찾는 사람'은 일을 시작하기도 전에 이미 실패한 것이나 다름없다. 이런 사람은 될 일도 제대로 하지 못한다. 마음속에 부정적 요소가 가득하기 때문이다. 설령 가능성이 적은 일이라도 "안 된다"고 말하지 말 것. "방법을 찾아보겠다", "최선을 다하겠다"고 씩씩하게 말하는 사람이야말로 존재감이 돋보인다.

살아 있는 이야기,
책을 읽어라

나의 재산 1호는 내가 가진 책들이다. 나는 유난히 책을 좋아하고, 또 책 욕심이 많다. 남에게 밥은 아낌없이 사줘도 어지간해서 책은 빌려주지 않는다.

내가 학교나 부모님으로부터 다 배우지 못했던 것들은 모두 책에서 배웠다. 아테네에 간 것은 외교관이 되고 한참 지나서였지만, 그리스의 역사와 문화에 대한 완벽한 지식은 책으로부터 얻을 수 있었다.

인간이기 때문에 추구해야 하는 가치 있는 것들을 더 깊게 생각하게 해준 것도 책이었다. 갓 스무 살이 넘자마자 부모님과 가족으로부터 떨어져 혼자 살았기 때문에, 세상과 사람에 대해 미처 알지 못했던 것들 역시 책에서 배우고 깨달았다.

우리는 누구나 부족한 점을 가지고 있다. 자신의 부족한 점에 대해 불평하지 말고, 어떻게 채울 것인지를 고민해보길 바란다. 고답적인 말이지만 인생에서 풀리지 않는 많은 문제에 대한 답은 모두 책 속에 있다.

꼭 당부하고 싶은 말은, 자신에게 필요한 지식을 인터넷에서만 찾지 말고 책에서 찾으라는 것이다. 인터넷에 입력된 수많은 정보 중 과연 몇 퍼센트가 검증된 내용인지, 정확한 내용인지 알지 못한다. 익명으로 올린 그 많은 허위 내용도 일일이 가려내기 어렵다. 인터넷에서 얻은 정보는 그저 참고용일 뿐이지 지식이 아니다.

인터넷의 정보와 책 속의 지식은 다르다. 인터넷에서 얻는 정보가 패스트푸드 체인점에서 먹는 햄버거라면, 책 속의 지식은 집에서 어머니가 만든 정성스러운 음식 같은 것이다. 독서하는 이유는 지식을 얻으려는 목적도 있지만, 결국은 내 정신세계를 성장시키기 위한 것이다. 건강한 육체를 위해 패스트푸드를 먹지 않는 것처럼, 정신세계를 건강하게 성장시키기 위해서는 좋은 책 속에서 온전한 지식을 얻어야 한다.

책은 평생 읽어야 한다. 급변하는 정보사회에서 자기 전문 관련 서적은 물론 다양한 서적들을 접하지 않는 사람은 사회생활에서 리더가 될 수 없다.

남편이 내게 선물을 할 때 가장 신경 쓰고 정성을 들이는 것도 '책을 고르는 일'일 것이다. 내게 필요한 외교 전문 서적은 물론, 정치와 역사, 문화 등 각 분야의 좋은 책들을 보내준다.

남편이 고른 책 첫 페이지 윗부분에는 그 책을 구입한 날짜와 장소, 그리고 '영희를 위해 조오지George가 구입했다'는 짧은 메시지가 적혀 있다. 간혹 그 책과 관련된 신문 기사나 서평까지 스크랩해 함께 보낸다. 남편 덕분에 나는 국내에선 구할 수 없는 귀한 외교 서적도 많이 가지고 있다. 이 책들이야말로 내겐 어떤 보석보다 소중하고 귀한 것이다.

그 많은 책들 중에서도 내가 가장 좋아하는 것은 세계 각국 저명인들의 자서전이나 전기다. 폰 바이체커, 헬무트 쉬미트의 것은 물론, 미국 최초의 여성 국무장관 매들린 올브라이트, 《디 차이트》 발행인인 마리온 그래핀 된호프, 현 요르단 국왕의 계모인 퀸 누어Queen Noor의 전기에 이르기까지 국내에 잘 알려지지 않은 인물들의 것도 다수 가지고 있다.

'전기'는 흥미와 감동을 줄 뿐만 아니라 동시에 지식까지 얻을 수 있는 최고의 책이다. 전기를 통해 알게 되는 유명 인사들의 성장 과정과 개인적 삶은 많은 것을 생각하게 한다.

전기가 일반 서적보다 더 실감나고 흥미로운 것은, 유명인의 직접 경험에서 나온 '살아 있는 이야기'이기 때문이다.

특별히 전기를 많이 읽으라고 권하는 데는 이유가 있다. 국제사회를 배경으로 활동하는 사람들은 늘 새로운 나라, 낯선 도시에서 언어와 가치관이 다른 사람들과 섞여 일하게 된다. 요즘은 기업 활동에서 국내와 국외의 구분이 무의미하다. 다른 나라에 가서 제품을 팔고, 현지 기업들과 비즈니스를 하게 된다. 이때 유창한 외국어 실력만으로는 능력을 발휘할 수 없다.

나는 앞서 '인간관계' 맺기에 대한 이야기를 할 때, '대화 능력'이 얼마나 중요한지를 강조했다. 대화 내용이 궁핍한 사람은, 다른 사람을 만나기 전부터 좌불안석이다. '도대체 무슨 이야기를 해야 할지'가 가장 큰 고민거리다. 하물며 그 대상이 외국인이라면 대화에 대한 스트레스는 더 클 수밖에 없을 것이다. 그 고통은 외교관들도 마찬가지다.

그런데 서양 외교관들과 이야기를 나누다 보면, 그들의 여러 분야에 대한 관심과 지식에 깜짝깜짝 놀라게 된다. 그들은 일찍부터 많은 여행과 독서를 통해 동서양을 뛰어넘는 다양한 문화에 대한 관심과 인간에 대한 이해 능력을 가지고 있다. 독일 외교부의 아태담당 차관보였던 하우스베델 박사Dr. Hauswedell 같은 이는 특히 기억에 남는 사람이다. 헬무트 콜Helmut Kohl 수상의 외교보좌관이기도 했던 그는 서양뿐만 아니라 동양에 대해서도 풍부한 지식을 가지고 있는 대표적인 외교관이었다.

그런 그들과 대화 수준을 맞추지 못한다면……, 이거야말로 '대략 난감'이다.

평소 유명인의 전기 몇 권만 잘 읽어둬도 이럴 때 수준 높은 대화를 나눌 수 있다. 유명 정치가나 예술가들의 전기에는 그 나라의 역사, 정치, 문화, 사람들의 가치관 등이 모두 담겨 있다. 한 개인의 성장 과정과 삶에 자연스럽게 녹아든 문화와 역사이기 때문에, 읽기도 쉽고 기억에도 더 선명하게 남는다.

이슬람사회에 대한 지식과 이해가 거의 없는 사람이라 해도, 퀸누어(명문 프린스턴 대학에 들어간 최초의 미국 여성)의 전기를 읽어보면 이슬람사회의 가치, 이슬람 국가들과 이스라엘 간의 복잡한 관계, 아랍인의 시각으로 보는 미국과의 관계 등을 쉽게 이해할 수 있다.

나는 본래 역사를 좋아해 관련 서적들을 많이 읽기도 했지만, 이같은 전기를 통해 내가 가보지 못한 나라에 대해서까지 많은 지식을 얻을 수 있었다. 어떤 때는 그런 내용을 외국 외교관들에게 이야기하면, "우리나라 사람들도 잘 모르는 내용을 당신이 어떻게 알고 있느냐?"며 깜짝 놀라곤 했다.

자기 나라 사람들도 잘 알지 못하는 역사를 이야기하는 조그만 동양 여성을 바라보는 그들의 눈빛이 달라지는 것은 당연한 일이다.

세상 밖으로
눈을 돌려라

성공한 한 기업가의 인터뷰에서 이런 글을 읽은 적이 있다.

어린 시절 어느 날, 아들은 어머니에게 자동차 장난감을 가지고 싶다고 말했다. 자동차에 관심이 많았던 아들은 기왕이면 어머니가 커다랗고 멋진 것으로 사주기를 바랐다. 그런데 어머니가 선물로 준 것은 뜻밖에도 '비행기'였다. 원격 조종으로 실제 하늘을 날 수도 있는 모형 비행기는 그로서는 바랄 수도 없는 큰 선물이었다.

어머니는 아들의 손에 그 비행기를 들려주며 말했다.

"네 눈에 보이는 것보다 더 크고 높은 것을 바라봐야 원대한 꿈을 이룰 수 있는 거란다."

그 기업가는 어머니의 그런 가르침 덕분에 다른 사람보다 앞선 안목으로 세상의 흐름을 읽고 기업 경영을 할 수 있었다고 했다.

사람은 자신이 바라보고 경험하는 만큼 세상을 알게 된다. 그렇기 때문에 글로벌 시대를 살아가는 우리에겐 '세상을 바라보는 넓고 높은 시각'이 무엇보다 중요하다.

서양의 젊은이들은 어린 시절부터 많은 곳을 여행하고 다양한 경험을 쌓는다. 내가 처음 독일에 갔던 1970년대, 이미 독일 대학생들은 유럽의 여러 나라들을 한두 번쯤 여행해본 경험을 가지고 있었다. 그들은 어려서부터 다른 나라를 여행하며 다양한 분야의 견문을 넓힐 기회를 얻었다.

일찌감치 경험한 넓은 세계는, 세상에 대한 시각의 차이를 만든다. 이를테면 '대학은 미국에서 다니고, 봉사는 아프리카에서 하고, 취업은 영국에서 하겠다'는 식의 글로벌한 계획이 이들에게는 특별한 것이 아니다. 안타깝게도 대학 생활 4년을 취업 준비기간으로 보내버리고, 해외 경험이라고 해봐야 어학 능력 향상을 위한 것이 전부인 우리 젊은이들과 비교할 때 세상을 바라보는 시각부터 차이가 나는 것이다.

누군가는 자신이 살아가고 도전할 곳으로 세계를 바라보고 있는데, 옆자리 친구나 사무실 동료와 아등바등 경쟁하기엔 그 시간과 노력이 너무 아깝다. 더 많은 도전과 가능성의 세계가 펼쳐져 있는데, 왜 우물 안 개구리가 보는 작은 세상에 머무르려 하는 것인지…….

20대 시절 더 넓은 세상으로 눈을 돌리고, 과감하게 그 세상을 경험해볼 것을 권한다. 넓은 세상에서의 낯선 경험은 자신을 더 큰 사람으로 성장시키는 계기가 될 것이다.

젊은 시절, 외국을 경험해야 하는 이유로는 네 가지를 들 수 있다.

첫째, 외국어 실력이 향상된다. 아무리 영어를 못하는 사람이라도 외국에 나가면 어쩔 수 없다. 막다른 골목에서는 입이 떨어질 수밖에 없다. 어느 정도 발전하느냐는 개인의 노력에 달렸다. 더 많은 발전을 꾀하고 싶다면, 한국 사람들끼리 몰려다니는 연수는 피할 것을 권한다.

둘째, 자기 삶에 대한 성찰의 기회를 갖게 된다. 아무래도 집 떠나면 고생이다. 음식도 안 맞고, 잠자리도 불편하고. 어머니가 깨끗하게 세탁해 챙겨주던 속옷 같은 것은 기대할 수도 없다. 집 밖에서 고생해보면 지금까지 자신이 가졌던 많은 것들에 대한 고마움과 소중함을 발견하게 된다. 또 자신의 삶에 대한 성숙한 발전의 기회가 생긴다.

셋째, 다른 문화, 의식, 생활방식에 대한 이해가 깊어진다. 글로벌 시대에 세계 각국을 누비며 일하려면 외국인이나 외국 문화에 대한 낯선 감정, 부담감을 덜어내는 것부터 시작해야 한다. 가능한 한 많은 친구를 사귀면서 그들과 똑같이 먹고, 똑같이 생활해보라. 입에 맞지 않는 음식을 먹고, 다른 생각을 가진 사람과 친구가 되는 것, 이것도 하나의 '적응'이다.

넷째, 세상 보는 눈이 달라진다. 사람은 보는 만큼, 경험하는 만큼 세상을 알게 된다. 경험만큼 확실한 선생님은 없다. 그런 의미에서 나는 젊은이들에게 '죄 짓는 일만 빼고' 모든 것을 경험해보라고 권하고 싶다.

역사 속을
여행하라

　우리 부부는 여행하는 것을 좋아하는 데다, 여행하는 방법까지 똑같은 취향을 갖고 있다. 남편과 여행 계획을 짜는 것은 흥미진진한 일인 동시에 상당한 공부와 치밀한 준비를 요구하는 일이다.

　여행 계획을 세울 때는 가장 먼저 여행할 나라에 대한 완벽한 여행서와 커다란 지도를 구입한다. 그리고 우리가 그 나라에 대해 알고 있는 지식, 공부한 내용을 바탕으로 날짜별 계획을 세운다. 이렇게 세운 계획에 따라 우리는 로마와 아테네를 시작으로, 남부의 스페인과 포르투갈, 북부의 스칸디나비아 국가, 동부의 헝가리 · 체코, 그리고 지중해 지역 등 유럽 대부분 국가를 여행했다. 특히 지중해 연안의 고대 문명 지역인 이탈리아, 그리스, 튀니지, 터키 등은 여러 차례 가봤다.

　그리스는 지역별로 나누어 총 여섯 번 여행했는데, 봐야 할 유적지가 많은 탓에 늘 꼼꼼하게 준비했다. 한 장소를 택한 다음, 그 유적지의 역사·문화를 엮어 우리만의 프로그램을 만들고 이용 가능한 대중 교통수단을 파악한 다음 여행을 시작했다.

사실 우리의 여행은 강행군을 하는 학습 기행에 가깝다. 한여름 땡볕에 배낭을 메고 반바지에 운동화 차림으로 유적지를 찾아가보면, 우리와 비슷한 다른 나라의 '문화탐방광'들을 만나기도 한다. 이들과 여행 정보를 주고받고 연락처를 교환하며 친구가 되는 것도 여행이 주는 즐거움이다.

그리스는 역사를 좋아하는 남편과 나에게 늘 특별한 느낌을 주는 곳이다. 도시 전체가 유적지라고 해도 과언이 아닐 정도로 역사적 인물의 흔적이 곳곳에 남아 있다.

소크라테스는 '너 자신을 알라'라는 명문을 남긴 철학자로 유명하지만, 그가 아테네와 스파르타 간의 전쟁으로 유명한 펠로폰네소스 전쟁(B.C. 431~B.C. 404)에 수차례 출정했다는 사실을 아는 사람은 그리 많지 않다. 우리는 소크라테스가 전투를 벌인 장소를 기필코 찾아가 물에 발을 담가보고, 기념으로 예쁜 돌도 하나 주워왔다. 이곳에선 돌 하나도 역사다.

아테네에서는 소크라테스가 사형선고를 받고 투옥되어 독약을 마시고 죽었던 감옥 데스모테리온Desmoterion의 실제 위치를 찾아내기도 했다. 믿기지 않는 얘기지만 여행안내서에 쓰여 있는 소크라테스의 처형 장소는 실제 장소와 다르다. 플라톤이 희랍어로 쓴 책에는 소크라테스의 죽음에 대한 기록이 상세하게 남아 있다. 그것이 여행

안내서의 내용과 다르다는 것을 알게 된 남편은 실제 역사적 장소를 찾으려 노력했고, 마침내 그곳을 찾아낸 것이다. 그때의 기쁨은 무엇으로도 표현할 수 없었다.

스파르타군과 페르시아군이 맞붙은 그리스 동부 해안의 '테르모필레'에 갔을 때는 40℃가 넘는 무더운 날씨였다. '테르모필레 전투'는 영화 〈300〉으로 만들어지기도 했다.

B.C. 380년 페르시아의 크세르크세스 대왕이 대군을 이끌고 그리스 본토 침공을 위해 북쪽으로 내려올 때, 반드시 거쳐야 하는 곳이 바로 테르모필레 협곡이었다.

레오니다스 왕이 이끄는 스파르타 군사 300명과 천 수백 명의 다른 그리스 연합군은 테르모필레에서 무려 100만 명의 페르시아 대군을 사흘간이나 막아냈다. 그리스 국가들이 결집할 시간을 벌기 위해서였다. 도중에 물러간 다른 그리스 군대와 달리 스파르타의 300명 용사들은 마지막 한 명이 죽을 때까지 용맹하게 싸웠다고 한다.

40℃가 넘는 폭염에도 아랑곳하지 않고, 남편 헤퍼난 교수는 그들의 죽음을 기리는 비석 앞에 쭈그리고 앉아 희랍어로 새겨진 글을 모두 옮겨 적었다.

우리는 여행에서 돌아오면 큰 앨범에 여행의 기록을 남긴다. 다녀온 곳의 지도를 붙이고, 우리가 다녀온 지역의 순서를 그려 장소와 날짜까지 기록해놓는다. 그곳에서 찍은 사진과 기념엽서를 붙이고 우리가 본 것, 느낀 것을 써넣는다. 우리가 다녀온 여행지에 대한 완벽한 기록이 하나의 앨범으로 만들어지는 것이다. 남편은 연세가 드셔서 거동이 어려운 어머니에게 그 앨범을 보여드리며 하나하나 설명을 해드리곤 했다.

나의 역사 여행에서 절대 빠질 수 없는 또 한가지는 지도다. 여기서 말하는 지도란 지역 위치를 확인하기 위한 것이 아니라, 각 나라의 인종과 언어, 종교 영역의 변화를 표기한 내용 즉, 문명권의 정치적 변화를 보여주는 것이다. 남편과 나는 이런 지도책을 여러 권 가지고 있다.

나는 어려서부터 '지도'와 '역사'를 좋아했다. 지도를 보면서 내가 사는 곳으로부터 멀리 떨어진 바깥세상을 동경했다. 성인이 돼서도 그것은 변하지 않았다.

독일 유학 시절, 그때는 친구였던 남편이 내게 준 첫 선물도 세계 지도책이었다. 내 생일인 1979년 10월 9일에 선물로 받은 지도책 속지에는 'a me cum amore tibi'(from me with love to you)라고 라틴어로 쓴 그의 첫 고백이 담겨 있다. 그 지도책은 내가 아끼는 책 중 하나다.

내게 지도책은 백과사전과 같은 것이다. 어떤 지역이나 역사를 이야기하다가 확실치 않은 부분이 생기면 지도책부터 꺼내 펼쳐든다. 내가 궁금하게 여기는 많은 것의 답이 거기에 있다.

외교관이 되어 유럽 역사에 대해 공부할 때, 유럽의 정치, 문화, 역사의 변형과 전체의 관계를 보여주는 지도책으로 유럽 문명의 흐름을 알 수 있었다. 이런 지도책에는 몇 세기에 어떤 종교, 언어, 문화가 어느 지역까지 전파됐는지도 상세하게 기록돼 있다. 알렉산더 대제의 영토가 아프리카부터 인도까지 얼마나 광대했는지, 로마제국이 얼마나 번창했는지, 그러다 어떻게 쇠퇴했는지도 한눈에 볼 수 있다. 기독교 문명의 시작과 확대, 이슬람과의 끝없는 주도권 전쟁 등 시대별 변화가 지도에 색깔별로 분명하게 표시되어 있어 다른 설명이 없이도 그 변화를 이해할 수 있다. 지금도 이런 지도책들을 펼쳐놓고 앉으면, 시간이 어떻게 가는지 모를 정도로 빠져들게 된다.

젊은 날 많은 곳을 여행하는 것은 '인생의 공부'다. 젊은 날의 괴테와 고흐, 헤밍웨이도 고향을 떠나 여행하며 불후의 명작을 남겼다. 나는 20대에 그렇게 좋은 여행의 기회를 누릴 수는 없었지만, 오히려 가보고 싶었던 곳들을 완벽하게 공부한 뒤에 여행했기 때문에 실제 더 많은 것을 보고 느낄 수 있었다.

부디 넓은 세상으로 여행을 떠나라! 그리고 세상의 다양한 문화와 인간사를 골고루 체험하길 바란다. 모르고 보면 부서진 돌멩이에 불과한 유적물이지만, 그것이 어떤 것인지를 알고 보면 '살아 움직이며 나에게 말을 걸어오는 것'처럼 느껴진다. 사물은 내가 아는 만큼 보이고, 아는 만큼 이해하는 것이다.

마지막으로 여행을 떠나기 전 성능 좋은 디지털 카메라보다 여행할 곳에 관한 책부터 반드시 챙기기를 권한다. 여행 안내 서적 한 번 펼쳐보지 않고 그 유적지를 배경으로 사진만 열심히 찍는 것은 진짜배기 여행이 아니다.

외국 젊은이들은 유적지 한 귀퉁이에 쭈그리고 앉아 진지하게 여행지에 관한 책자를 읽고 있는데, 우리나라 젊은이들은 발랄하게 V자를 그리며 사진 찍는 모습을 보면 나도 몰래 혀 차는 소리가 나온다.

'쯧쯧, 안내 표지판이라도 한 번 읽어보지······.'

여행에서 본 낯선 나라의 유물, 수백, 수천 년 전의 인간들이 남긴 위대한 흔적, 그곳의 사람들과 나눈 짧은 대화, 길을 잃고 헤매본 경험조차도 풍부한 지식이 되고 인생을 살아가는 데 값진 재산이 될 것이다.

나를 지지해주는
동반자를 찾아라

남편 헤퍼난과 나는 1978년 11월 독일 쾰른 대학에서 처음 만났다. 그때 남편은 금발에 초록색 코트를 입은 단정한 모습의 미국 유학생이었다. 그는 미국에서 학사와 석사과정을 마치고 그해 여름 박사과정을 공부하기 위해 독일에 온 스물다섯 살의 철학도였다. 나는 그보다 네 살이 많았고 석사과정을 공부하는 중이었다.

우리는 1993년 결혼했다. 그를 처음 만난 지 15년 만에 이루어진 결혼이었다. 누군가 내게 "인연을 믿느냐?"고 묻는다면, 나는 망설이지 않고 "Yes!"라고 말할 것이다.

처음 그를 본 것은 쾰른 대학 학생처 사무실에서였다. 1978년 당시는 아직 독일이 통일되기 전이었다. 독일 정부에서는 대학의 박사과정 외국 학생들을 대상으로 '분단 역사 체험'을 계획하고 있었다.

1인당 50마르크를 내면 나머지 비용은 독일 정부가 부담하고 분단의 현장인 베를린을 1주일 동안 여행하는 '베를린 세미나'였다. 동베를린을 포함한 여러 역사 현장을 시찰하며 분단 역사에 대한 설명을 듣고 토론을 하며, 오페라와 각종 문화 행사도 관람할 수 있는 좋은 기회였다.

나는 가장 친한 독일 친구 베아테와 함께 참가 신청을 하기 위해 학생처에 갔다. 그런데 자리가 네 명뿐인 독일 학생 신청은 벌써 마감됐고 외국인 학생만 신청이 가능한 상태였다. 하는 수 없이 내 신청서와 비용만 내고 나오려는데, 조심스레 노크하는 소리가 들렸다. 그리곤 살그머니 문이 열리며 아이리시처럼 얼굴이 발그스레한 사람이 들어서는 게 보였다. 금발에 안경을 쓰고 초록색 코트를 입은 남학생이었다. 그는 직원에게 조용조용 말을 걸었다.

"베를린 세미나 신청하려고 하는데 조건이 뭔가요?"

"조건은 독일어를 잘하는 것"이라는 담당관의 말에, 그 남학생은 아주 공손하게 말했다.

"그럼, 저는 조건이 안 되는군요……."

그가 문을 열고 나가려니까, 담당관이 황급한 소리로 그를 불러 세웠다.

"헤이, 헤퍼난! 독일 국비 장학생은 우선권이 있어!"

그제야 그는 발걸음을 돌려 사무실 안으로 들어섰다.

친구와 나는 복도에 나와서 큰 소리로 웃었다. 외국인이 독일 국비 장학금을 받고 쾰른 대학에 유학 올 정도면 이미 상당한 독일어 실력을 가지고 있다는 이야기일 텐데, "독일어를 잘해야 한다"는 조건을 듣고 "저는 안 되겠군요"라고 말하다니…….

그 일로 나는 그에 대한 두 가지 정보를 얻을 수 있었다. 겸손한 사람이라는 것과, 독일 국비 장학생이라는 것.

그런데 다음 날 서점에 책을 사러 갔다가, 우연히 계산대 앞에서 그를 발견했다. 그는 내 앞에 서서 순서를 기다리고 있었다. 나는 이미 그에 대한 호감을 느꼈던 터라 반갑게 인사를 건넸다. 그도 나를 기억하고 있었다.

그날 우리는 서점을 나와 학교 안에 있는 멘자(대학 구내식당)에서 점심을 먹었다.

그 이후에도 점심시간이면 멘자에 혼자 있는 그를 자주 발견하곤 했다. 우리는 함께 차를 마시며 각자의 공부와 책에 관한 이야기를 나누곤 했다. 내가 미처 그를 발견하지 못할 때면 다른 한국 유학생들이 "그 미국 학생, 저쪽에 있어" 하고 가르쳐주곤 했다.

이야기를 나눠볼수록 그에 대한 호감은 커져갔다. 그는 겸손하고, 예의바르고, 친절하고, 아는 게 많은…… 그래서 자꾸 이야기하고 싶은 사람이었다.

석 달 뒤인 1979년 2월, 그와 내가 신청했던 베를린 세미나가 시작되었다. 출발하는 버스에 타면서 나는 '그 사람이 옆에 앉아주었으면……' 하고 바랐다. 그런데 어떤 여학생이 버스에 오르자마자 내 옆자리에 앉는 게 아닌가? 그 바람에 버스에서 그와 이야기를 나눌 기회는 사라져버리고 말았다.

40명이 함께하는 투어는 본인이 원하는 공연 관람을 선택하도록 되어 있었다. 몇 명씩 그룹을 지어 연극이나 베를린 필하모니 연주를 보러 가기도 했는데, 그때마다 공교롭게도 그와 나는 한 그룹에 속해 있었다.

이집트 박물관을 구경하면서 '네페르티티Nefertiti(B.C. 1370~B.C. 1330, 이집트 파라오 Akhenaten의 왕비)'를 인상적으로 보고 나왔는데, 그도 나와 관심사가 같았던지 네페르티티 흉상이 담긴 엽서를 여러 장 산 게 보였다. 나는 그에게 "여자친구한테 보낼 거냐?"고 물었다. 그러자 "난 여자친구가 없는데?" 하고 나를 쳐다보는 것이었다. 속으로 만세를 불렀다. 일단 그에게 여자친구가 없다는 걸 확인했으니 소득이었다.

마침내 반나절의 동베를린 투어를 앞둔 순간이 다가왔다. 나는 여권을 제출하면서 내 국적이 문제가 될 수 있다는 생각을 하고 있었다. 한참 뒤, 우리 일행의 여권을 걷어갔던 사람이 돌아오더니 내 이름을 불렀다.

"김영희, 우리 독일민주인민공화국은 당신의 입국을 원하지 않는다."

예상은 했지만, 눈길에 혼자 버스에서 내리려니 좀 막막한 기분이 들었다. 그래도 씩씩한 표정으로 친구들에게 "구경 잘 하고 오라"며 손을 흔들어주고 버스에서 내렸다. 그런데 뜻밖에도 헤퍼난이 따라 내리는 것이었다. "어떻게 너 혼자 반나절을 보내느냐?"며 나와 함께 남겠다는 그가 고맙기는 했지만, 나 때문에 그의 기회까지 뺏을 수는 없었다. "나는 괜찮으니 구경하고 오라"며 그를 설득해 다시 버스에 태우고, 갔던 길을 혼자 되돌아왔다. 막연하지만 그도 나에게 어느 정도 관심을 가지고 있다는 생각이 들었다. 그리고 1주일의 베를린 세미나 기간이 지나고 돌아올 때, 이번에는 버스의 내 옆자리에 그가 앉아 있었다.

함께 여행하는 1주일 동안 그에 대해 더 많이 알게 되었다. 세미나에서 질문을 하는데, 헤퍼난은 이미 독일의 역사에 대해 많은 걸 알고 있었다. 몰라서 하는 질문이 아니라, 더 알기 위한 것이었다. 세미나에 참석한 다른 여학생들도 박식하고 겸손한 그를 좋아했다.

세미나에서 돌아온 뒤 어느 날, 그는 독일어 공부를 위해 라디오를 살 계획이라며, 쾰른 지리에 익숙한 내게 함께 가줄 수 있느냐고 물었다. 우리는 사턴Saturn이라는 가전제품 상점에서 라디오를 골랐다.

우리가 선택한 라디오는 당시 돈으로 500마르크가 넘는, 가장 비싸고 좋은 것이었다. 헤퍼난은 라디오를 사가지고 돌아오며 자신의 하숙집에 가서 조작법 익히는 걸 도와달라고 했다. 그 무거운 라디오를 애지중지 안고 돌아온 우리는 설명서를 읽으며 열심히 기능과 조작법을 파악했다. 이제 소리를 확인할 차례였다.

나는 잔뜩 기대에 부풀어 코드를 꽂았다. 그런데 '팟' 하는 소리와 함께 라디오가 나가버렸다! 기계가 한순간 확 나가버릴 때의 그 황당함과 충격은 말하지 않아도 알 것이다. 라디오에서 빠져 나간 전원이 내 몸으로 들어온 것 같았다.

그때만 해도 대부분의 가전제품은 110V와 220V 겸용으로 만들어져 있었다. 독일은 220V를 사용하고 있었는데, 내가 그걸 110V에 꽂아버렸던 것이다.

기가 막혔다. 당시 500마르크는 간호사 월급보다 많은 돈이었다. 그렇게 큰돈을 들여 산 라디오를, 소리 한 번 들어보지 못하고 망가뜨려버리다니……. 황당하기도 하고 미안하기도 하고 정말 난감하기 이를 데 없는 노릇이었다.

우리는 라디오를 구입한 매장에 가서 해결 방법을 찾아보기로 했다. 상식적인 헤퍼난은 "우리가 잘못해서 고장 난 건데, 고쳐주면 다행이지만……" 하고 별 기대를 하지 않는 눈치였다. 그의 말이 맞다. 우리가 코드를 잘못 꽂아서 못 쓰게 된 건데, 그걸 매장 주인인들 어떻게 해줄 수가 있을 것인가?

우리는 소리 한 번 내보지도 못하고 비명횡사한(?) 라디오를 들고 매장을 찾아갔다. 그 상황이 황당하기는 조금 전 물건을 판 매장 주인도 마찬가지였을 것이다. 기막힌 표정을 짓고 있는 주인에게 나는 솔직히 상황을 이야기하고 부탁했다.

"내가 코드를 잘못 꽂아서 라디오가 고장이 났어요. 정말 미안하지만, 새것으로 좀 바꿔줄 수 없을까요?"

헤퍼난은 고쳐만 줘도 다행이라고 했는데, 나는 그걸 바꿔달라고 했다. 곁에 서 있던 그는 황당한 표정으로 나를 바라봤다. 그런데 더 놀라운 일은 그 주인이 정말 라디오를 새것으로 바꿔줬다는 사실이다.

새 라디오를 받은 뒤, 나는 헤퍼난에게 그걸 들려주고 뒤도 돌아
보지 않고 기숙사로 돌아와버렸다.

베를린에서 돌아온 뒤 우리는 확실히 가까워졌다. 그가 내 기숙사
에 타이프라이터를 빌리러 오기도 하고, 내가 만든 볶음밥을 함께
먹기도 했다. 금요일 저녁엔 내가 준비한 김치와 밥, 불고기로 식사
를 하고, 식사가 끝나면 함께 음악을 듣는 소박한 데이트를 즐겼다.

이듬해 여름쯤, 내가 먼저 '결혼 이야기'를 꺼냈다. 그와 함께 평
생의 친구이자 동반자로 학문의 길을 간다면 행복할 것 같았다. 그
러나 그의 답은 내 기대와 달랐다. 그는 순수하게 좋은 친구관계로
남기를 원했다.

"나는 결혼 생각이 없어. 난 철학을 공부하며 평생 독신으로 살
거야."

하지만 그와 결혼하겠다는 나의 결심은 확고했다. 그의 대답을 듣는
순간에도 나는 속으로 '난 너랑 결혼할 거야!'라고 생각하고 있었다.

나는 그에게 "앞으로 계속 만날 거면 결혼을 전제로 사귀자"고 했
다. 나아가 그것에 동의하지 않는다면 만나지 말자고 말해버렸다.
나의 일방적 통보에 그는 슬픈 얼굴로 "네 생각이 그렇다면 어쩔 수
없지……" 하고 말끝을 흐렸다.

그 후에도 학교에서 계속 마주치며 함께 밥을 먹기도 하고 영화를
보기도 했지만, 그 이상의 변화나 진전은 없었다. 독일에 온 지 3년
만인 1981년 12월, 쾰른 대학에서 철학 박사학위를 받은 그는 강의

를 하러 본 대학으로 떠났다, 그리고 1986년 고향인 미국으로 돌아갔다.

그가 미국으로 떠나기 직전 나는 작별인사를 하기 위해 본 대학교 철학과 사무실에 갔었다. 그는 나에게 선물이라고 하며 커다란 물건을 건네주었다. 내가 들고 가기 편하게 세심하게 노끈 손잡이까지 달린 물건을 받는 순간, 나는 그 내용물이 무엇인지 알아버렸다.

라디오……. 그가 거금을 들여 샀던 라디오, 사자마자 내가 고장을 내버려 다시 바꾼 그 라디오였다.

진정한 사랑에는
기다림이 필요하다

1986년 헤퍼난이 미국으로 떠난 후 7년 동안, 우리는 단 한 번도 만난 적이 없고 전화통화도 하지 않았다. 그저 1년에 한두 번 정도 서로의 안부를 묻는 편지만 주고받았다. 그 편지에서 우리는 마치 서로에게 알려야 하는 의무가 있는 것처럼 각자의 변화된 상황을 전했다. 그는 자신이 쓴 새로운 서적이 출판되면 나에게 보냈고, 나는 쾰른 대학교 강의를 끝내고 한국 외교관이 되었다는 소식을 전했다.

그렇게 오랜 세월이 흐르고 헤퍼난이 다시 나를 찾아온 건 1993년 여름이었다. 나는 그때 본에 있는 주 독일 대사관에서 1등서기관으로 근무하고 있었다.

퇴근 직전 대사관 경비원이 인터폰으로 나를 찾았다. 손님이 왔다는 것이었다. 나를 찾아올 사람이 없는데……. 오퍼레이터가 "당신, 정말 김 박사를 찾아온 사람이 맞냐?"고 확인하자, 수화기 너머로

"Ja~" 하는 남자의 목소리가 들렸다. 깊고도 고요하며 조용한 목소리를 듣는 순간, 나는 그 남자가 헤퍼난이란 걸 알았다.

경비원에게 그를 올려 보내라고 하고 계단 입구에 서 있었다. 잠시 후 계단을 올라오는 모습이 보였다. 그의 양손에 들린 비닐 쇼핑백을 보고서야, 경비원이 내게 "물건 주문하셨느냐?"고 물었던 이유를 알았다. 우리는 7년 만에 서로 얼굴을 마주보며 웃었다. 거짓말처럼, 마치 어제 만났다가 잠깐 헤어졌던 사람처럼 세월의 공백이전혀 느껴지지 않았다.

며칠 후, 그를 집으로 초대해 내가 만든 한국 음식으로 식사를 함께했다. 우리가 처음 만났을 때부터 헤퍼난은 한국 음식을 매우 좋아했다. 쾰른 시절을 기억하게 하는 그 식사가 끝나자 그가 말했다.

"우리 결혼하면 어때?"

7년간 그를 만나지 않으면서도, 나는 당연히 '우리가 운명적으로 결혼하게 될 것'이라고 생각했었다.

한국에 있는 어머니가 "결혼하라"고 성화를 하실 때도 "나, 시집갈 사람 있어"라고 당연하게 말했다. 또 내가 "60이 넘어 결혼할 거야"라고 하면, 어머니는 "아이고, 늙은이를 누가 데려가냐?"며 어이없어하셨다.

막연하게 60이 넘으면 그와 결혼하게 되지 않을까, 생각하고 있었는데 그 결혼이 20년이나 앞당겨진 것이다.

나중에 알게 된 사실이지만, 미국으로 돌아간 남편은 연금에 가입하면서 첫 번째 수혜자로는 자신의 어머니를, 그 다음 수혜자로는 나를 지정해놓았다고 한다. 가족도, 약혼자도 아닌 상태에서 나는 알지도 못하는 사이 그의 연금 수혜자가 되어 있었다. 자신은 학문을 위해 평생 독신으로 살고 싶다고 했지만, 그 역시 언젠가 결혼한다면 그 대상은 나라고 생각하고 있었던 것이다.

1993년 겨울 우리는 남편의 고향인 볼티모어에서 결혼했다. 12월 22일 볼티모어에 도착해, 다음 날인 12월 23일 시어머니를 증인으로 세우고 볼티모어 재판소에서 결혼서약을 했다. 결혼식이 끝나고 나서야 보석 가게에 가서 결혼반지를 골랐다.

결혼 이후 지금까지 남편은 내게 최고의 동반자이며 서로를 존중하는 친구인 동시에 조력자다. 나의 외교관 시절 미국과 독일, 한국 혹은 세르비아에 떨어져 지내면서도 그는 중요한 외교 관련 기사를 일일이 스크랩해 보내주고, 영어 연설문 작성에 늘 첫 번째 코멘트를 해주었다. 그가 쓰는 논문이나 저서의 원고 역시 내가 첫 독자가 되어 읽고 의견을 나눈다.

그가 보내주는 격려는 어떤 고농도 비타민제보다 탁월했다. 결혼 이후 현재까지 나는 남편에게서 수천 통의 '곰 카드'를 받았다. 그가 정성껏 고른 곰이 그려진 카드에는 사랑과 격려, 또 그의 깊은 철학을 담은 글이 빼곡하게 적혀 있다.

내가 정상회담 통역을 위해 긴장하고 있을 때는 하루에 두 번씩이나 '힘내라'는 격려 카드를 써서 보내기도 했다. 국빈 방문 행사를 마치고 파김치가 되어 사무실에 돌아오면 책상 위에 쌓인 남편의 편지를 읽으며 피로를 풀곤 했다. 남편의 외조 덕분에 나는 최선을 다해 열심히 일할 수 있었다. 남편이라는 최고의 조력자를 만난 것은 내 인생에 가장 빛나는 행운이었다.

나는 20대들이 '사랑'에 대해 깊이 생각해보기를 바란다. 사람은 죽는 날까지 사랑을 꿈꾸지만, 20대의 사랑만큼 순수에 찬 열정은 없다. 그때 경험이 자신을 성장시키기도 하고, 사람들과의 관계 맺기에 오래도록 영향을 미치기도 한다.

그런데 요즘 젊은이들의 사랑을 보면 지나치게 외형적이고 감각적이다. 상대의 외모나 조건은 사랑의 최우선 순위일 수 없다. 그건 사람에 대한 사랑이 아니라 조건에 대한 선호일 뿐이다.

빨리 만나 빨리 사랑하고, 헤어지는 것도 쉽게 해치워버리는 가벼운 만남에 대해서도 고민해보길 바란다. 사랑은 아찔한 초고속 스피드 게임이 아니다. 100일, 200일 만남의 날짜를 세어가며 기념일과 선물을 챙기는 게 사랑이라면, 그건 이벤트 행사지 어떻게 사랑이라고 말할 수 있을까?

사랑이 감정의 소모전이 되어서는 안 된다. 이런 사랑은 사람을 지치게 할 뿐이다. 사랑이라는 이름으로 상대에게 기대고 바라고 요구하며 짐을 지우지 마라. 사랑은 서로 주고받는 것이지, 한쪽이 다른 한쪽에게 헌신하는 것이 아니다.

사랑을 이유로 "너는 나와 같아야 한다"고 말한다면 그건 사랑이 아니라 구속이다. 사랑은 같아지기를 요구하는 것이 아니라, 사랑하기 때문에 나와 다른 상대를 존중해주는 것이다.

인생을 행복하게, 발전적인 삶을 살기 원한다면 외모보다 서로의 내면을 이해하고 깊이 사랑하는 사람을 만나길 바란다. 그런 소중한 사람과 동반자가 되어 인생의 먼 길을 걷는다면, 그 이상 값진 삶은 없을 것이다. 내가 가는 길에 격려와 지지를 아끼지 않는 사람을 만나는 것은 최고의 행운이다.

건강이 없으면
아무것도 없다

외교관으로 일하면서 내가 얻은 별명은 'Iron Lady'였다. 일을 강력하게 추진하는 업무스타일 때문에 붙여진 별명이었지만, 그렇게 일할 수 있었던 원동력 중의 하나는 지치지 않는 체력이 뒷받침되었기 때문이다.

외교관은 사무실에 앉아 우아하게 사람들만 만나니까 덜 힘들지 않을까, 하고 생각한다면 오산이다. 사무실에서의 업무가 끝나면 거의 날마다 있는 외교 리셉션에 참석해 몇 시간씩 서 있어야 한다. 매일 저녁에 열리는 디너에 참석하기 위해서라도 체력은 필수다. 다른 사람은 휴식을 취할 시간에 몇 시간씩 사람들과 어울려 외국어로 대화를 나눠야 하는 것은 물론, 디너에서는 술도 몇 잔쯤 마시게 된다. 그래도 다음 날 아침 일찍부터 다시 시작되는 일정을 소화하기 위해서는 튼튼한 체력이 필요하다.

내가 생활 속에서 꼭 지키려고 노력해온 것 중 하나가 운동 습관이다. 아무리 바쁘거나 지치는 일이 있어도 운동만은 빠뜨리지 않으려고 노력한다. 그럴 때일수록 운동을 통해 심기일전할 수 있기 때문이다.

주 세르비아 대사로 일할 때는 관저에 있는 러닝머신에서 하루 한 번씩 달리기를 했다. 단조로운 달리기를 어떻게 하면 지치지 않고 할 수 있을까, 생각한 끝에 내가 좋아하는 음악과 함께 운동하는 방법을 생각했다.

〈글래디에이터〉는 내가 열렬히 좋아하는 영화 중 하나다. 영화의 내용이나 배우의 연기는 물론, 배경음악도 좋아한다. 러닝머신에서 뛸 때면 〈글래디에이터〉의 사운드트랙 볼륨을 한껏 높이고 영화의 한 장면 한 장면을 떠올렸다. 사랑하던 가족을 잃고 절규하며 울부짖던 막시무스 장군의 모습, 무표정한 듯 비장한 얼굴로 검투장을 향해 걸어 나가던 모습……. 뛰는 게 좀 힘이 들다가도 그런 장면을 떠올리면 '이건 아무것도 아니야!' 하며 이를 악물고 더 속도를 높였다.

영화 사운드트랙 전체를 한 번 듣는 데 걸리는 시간은 52분. 그 정도 뛰고 나면 온몸이 땀에 젖고 기분 좋은 에너지가 느껴진다.

러닝머신에서 뛰는 것보다 더 오래된 운동법은 '걷기'다. 어렸을 때부터 나는 잘 걸었다. 어른들 심부름을 한 번 하려면 넓은 논과 밭을 헤매며 무한정 걸어야 했다. 물론 집에서 4km나 떨어진 학교도 걸어가는 것 외에는 다른 통학수단이 없었다. 친구들과 어울려

재잘거리며 이야기하는 즐거움에 그 먼 거리를 힘든 줄도 모르고 걸어 다녔다. 그래서 우스갯소리로 나의 기초체력과 말솜씨는 모두 그때 생긴 거라고 말하곤 한다.

걷기는 마법 같은 운동이어서 우울증을 고치고 건강을 얻었다는 사람부터 사업에 도움을 얻었다는 사람까지 효과가 다양하다.

독일 기업의 한 중역은 자신의 회사 제품이 잘 안 팔리고 날로 경영난이 심각해지자, 그 이유를 찾는 데 골몰했다고 한다. 그는 여러 가지 해결방법을 모색하다가, 어느 날부터 버스와 지하철을 타고 다니며 사람들의 이야기를 열심히 듣기 시작했다. 그리고 그 이야기 속에서 아이디어를 얻어 제품을 만들었는데 놀랍게도 그것이 큰 성공을 가져다주었다. 사람들의 이야기 속에 소비자가 원하고 좋아하는 것에 대한 정보가 들어 있었던 것이다.

물론 그 후에도 그는 계속 대중 교통수단을 이용했다. 그리고 다른 직원과 중역들에게도 '성공하고 싶으면 걸어 다니라'는 자신만의 성공 비법을 강조했다고 한다.

세르비아 근무 시절, 나의 주말 일정은 베오그라드 거리를 걷는 것이었다. 정장 대신 편한 바지 차림에 운동화를 신고 관저의 요리사 아주머니와 함께 베오그라드 시내와 시장 곳곳을 몇 시간씩 걸어 다녔다. 화장 안 한 얼굴은 선글라스와 모자로 가리면 그만이었다.

그렇게 걸으며 조그만 골목에 있는 맛있는 식당, 좋은 옷감으로 저렴하게 옷을 맞출 수 있는 곳, 싱싱한 장미꽃을 값싸게 파는 가게 등 베오그라드에 대한 많은 정보를 얻었다. 다른 대사 부인들에게 내가 찾아낸 상점들을 가르쳐주었더니, "어떻게 그런 곳을 다 아냐?"며 신기해했다. 어느 도시나 전면에 드러난 큰길보다 이면의 작은길에 더 값진 장소가 숨어 있는 법이다.

가장 큰 소득은 공원이나 거리를 걸으며, 그곳에서 만나는 사람들을 통해 세르비아 사람들을 더 많이 이해할 수 있었던 것이다. 이런 것들은 고급 외교관들의 모임에서는 얻을 수 없는 또 다른 소득이다.

베오그라드에서의 걷기가 '보고 듣는 즐거움'을 선사해주었다면 서울에서의 걷기는 '생각하기'에 더 많은 도움을 준다. 서울의 내 집은 한강변에 있어 운동화만 신고 나서면 얼마든지 걸을 수 있다. 나는 특별한 일이 없는 한 매일 두 시간 정도 걸어 선유도를 한 바퀴 돌고 온다. 혼자 걷고 있으면 온갖 생각이 다 떠오른다. 걷는 동안 화가 나는 일은 마음속으로 다스리게 되고, 복잡한 생각들은 차분하게 정리가 된다. 그러면 그때까지 심각하다고 생각했던 문제가 별것 아닌 것처럼 느껴지며 마음이 가벼워진다.

어찌 보면 걷기는 우리 마음과 머릿속에 자리 잡고 있던 쓸데없는 것들을 비워내고 새로운 것으로 채워 넣기 위한 공간을 만드는 일인지 모르겠다.

요즘 남녀노소 할 것 없이 몸매 만들기에 대한 열성이 대단하다. 다이어트에 대한 젊은 여성들의 집착은 때론 위험하게 보일 정도다. 보기 좋은 평균치의 몸매를 가진 여성들도 입을 모아 "날씬해지고 싶다"고 한다.

언제까지 그렇게 잘못된 인식이 만든 '아름다운 여성'의 조건에 이끌려 다닐 참인가? 비쩍 마른 몸의 아름다움을 여성 스스로 거부하고, 건강한 아름다움을 선도하는 적극적인 사람이 될 수는 없을까?

가냘픈 몸매를 좇다가 건강을 잃을 수도 있다. 생활 속의 모든 진리는 지극히 평범한 이야기들이다. '건강이 없으면 아무것도 없다!'

오늘은 한국에서, 내일은 미국이나 두바이에서 회의를 하고 영업을 해야 하는 글로벌 라이프에 '장시간 비행기를 타고 오느라 지쳐서', '시차 적응이 안 돼서' 등은 이유가 되지 못한다. 늘 지친 몸으로 어떻게 며칠씩 밤을 새워가며 일을 할 수 있을까?

다이어트를 한다고 비싼 돈을 쓰기보다 차라리 한강변이나 근처 공원을 열심히 걸어볼 것을 권한다. 걷기만 열심히 해도 건강한 몸을 가질 수 있다.

육체의 건강이 없으면 정신의 건강도 기대하기 어렵다. 육체와 정신이 모두 건강해야 인생의 어려움에 도전할 수 있고, 꿈도 이룰 수 있는 것이다.

EPILOGUE

도전하지 않으면
꿈은 상상일 뿐이다

　빌 게이츠가 마이크로소프트Microsoft를 창업한 1970년대 중반은 컴퓨터가 일반인에게 보급되기 전이었다. 그가 중학교 시절 처음 접한 컴퓨터는 오늘날의 그것과는 전혀 다른 것이었다. 각 가정의 책상에 모니터와 본체가 설치된 간편한 컴퓨터가 아니라, 공유 터미널을 통한 컴퓨팅 방식이었다. 값이 비싼 컴퓨터는 한 도시에 하나 있을까 말까 했고, 다루는 방법도 어려워 전문가들이나 쓸 수 있었다. 기업에서조차 일반화되지 않은 컴퓨터를 각 가정에서 이용한다는 것은 상상도 할 수 없던 시절이었다.

　그러나 19세에 자본금 1천500달러로 마이크로소프트사를 창업한 빌 게이츠는 각 가정에서 컴퓨터를 이용하는 미래를 꿈꿨다. 그리고 컴퓨터를 보다 편리하게 사용할 수 있는 방법을 꾸준히 연구했다.

그렇게 오랜 연구 개발 끝에 만들어진 윈도우즈Windows는 사람들을 컴퓨터의 시대로 이끌었다. 그는 자신이 꿈꾼 미래를 스스로 만들어낸 개척자인 동시에 인류의 삶을 다른 단계로 이끈 혁명가라 해도 과언이 아니다.

컴퓨터로 글을 쓰거나 자료를 찾다가 그 편리함에 감탄할 때면 이런 생각을 하곤 한다.

'빌 게이츠의 꿈과 도전이 아니었다면 오늘날 같은 컴퓨터의 시대가 열릴 수 있었을까?'

특별한 성공은 특별한 도전과 그것을 뒷받침하는 남다른 노력에 의해 이루어지는 것이다.

오바마가 '세상을 변화시킬 수 있다'는 신념으로 도전하지 않았다면, 미국 최초의 흑인 대통령 역시 아직 탄생하지 못했을 것이다.

그들은 열정과 도전으로 자신의 꿈을 현실화시켰다.

나는 우리나라 20대들이 '큰 꿈'을 꾸기를 바란다. 안정적인 직장에 목을 매며 공무원시험과 고시에만 매달리지 말고, 더 넓은 세상에 도전하기 위한 목표를 세우자는 것이다.

경제개발 시절을 이끌어 오늘의 우리나라를 만든 선배 세대는 맨땅에 헤딩하기 식으로 세계라는 무대에 뛰어들었다. 그들은 세계 곳곳을 발로 뛰며 우리 제품과 기술을 수출하고 대한민국이라는 브랜드의 가치를 높였다.

지금 신세대는 그때와 비교할 수 없는 실력과 인프라를 가지고 있다. 눈앞에 남은 과제는 세계라는 넓은 무대를 향해 적극적으로 도전하는 일뿐이다.

글로벌 시대를 사는 젊은이들에겐 전 세계, 지구촌이 활동무대다. 여러분은 무한한 가능성을 가지고 무한경쟁 속에 살고 있는 것이다. 경쟁자는 옆에 있는 친구, 동료가 아니라 선진국의 인재들이다.

그러나 궁극적으로 이겨내야 할 대상은 바로 자기 자신이다. 자신이 원하는 꿈을 이루기 위해서는 스스로를 극복할 수 있는 의지와 끈기가 필요하다. 항상 '어제보다 더 나은 나'로 발전시켜야 하기 때문이다.

확고한 목표와 꿈을 가진 사람은, 그 꿈에 도달하려는 욕구 또한 남다르다. 자신의 목표를 향해 최선을 다하다 보면, 설령 목표를 이루지 못한다고 해도 그 꿈의 언저리까지는 도달할 수 있다. 그것만으로도 노력은 헛된 것이 아니다.

나는 여러분이 자신의 능력 그 이상의 큰 꿈을 꾸며, 그것을 이루기 위한 도전에 자신의 모든 열정을 바치기를 바란다.

오늘날까지 나를 이끌어온 것 역시 '꿈'과 '열정'이었다.

어려운 가정 형편 때문에 대학에 진학할 수 없었던 스무 살 때도, 내게는 여전히 세계를 무대로 뛰는 사람이 되겠다는 꿈이 있었다. 사람들은 독일에 가서 대학에 진학하고 박사가 되겠다는 내 꿈에 선뜻 동의하거나 격려해주지 않았지만, 내게는 꿈을 이루겠다는 확고한 의지가 있었다. 그렇기에 다른 사람들은 힘겹고 서글프게 여기는 간호보조원이란 일, 가난한 유학 생활도 내게는 고통이 아닌 희망이었다.

정말 그랬다. 몸이 으스러지도록 환자들을 돌보고 나서 잠시라도 눕고 싶은 욕구를 참아가며 공부를 했던 그 모든 순간이, 내게는 고통이 아니라 꿈을 향해 가는 한 걸음 한 걸음이었다. 그것이 어떤 어려움이라고 할지라도 내 열정을 다 바치는 것은 당연하고 행복한 일이었다.

머릿속에서 상상만 하는 꿈은 아무 소용이 없다. 꿈을 실현시키기 위해서는 어떤 시련도 극복해내는 열정으로 도전하고 또 도전해야 한다.

기왕이면 우리 주변, 사회와 국가, 세계의 문제가 포함된 더 큰 꿈을 꾸고 그것을 향해 나아가길 바란다. 오직 자신만 생각하는 사람은 넓고 큰 세상을 가슴에 담을 수 없다.

혹시 그 도전의 열쇠가 될 수 있다면, 이 책 속 나의 모든 경험들도 모두 가져가 더 멋지게 여러분의 것으로 만들기를 진심으로 바란다.

20대, 세계무대에 너를 세워라

1판 1쇄 발행 2010년 3월 17일
1판 7쇄 발행 2011년 7월 18일

지은이 | 김영희
구성·정리 | 하유미

발행인 | 김재호
편집인 | 이재호
출판팀장 | 안영배

편집장 | 박혜경
아트디렉터 | 윤상석
디자인 | 박은경
마케팅 | 이정훈·유인석·정택구·이진주
교정 | 고연주
인쇄 | 코리아 프린테크

펴낸곳 | 동아일보사
등록 | 1968.11.9(1-75)
주소 | 서울시 서대문구 충정로3가 139번지(120-715)
마케팅 | 02-361-1030~3 **팩스** 02-361-1041
편집 | 02-361-0967 **팩스** 02-361-0979
홈페이지 | http://books.donga.com

ISBN 978-89-7090-783-3 03810
값 12,000원